INVITACIONES DE MUERTE EN ORO

RACHEL BROSS

Traducido por
CELESTE MAYORGA

INTRODUCCIÓN

Pequeña ciudad en Estados Unidos, 2013:
Podunk High:

En el comedor, una chica se sienta sola sobre un libro en una mesa. Su cabello pelirrojo y desaliñado cae a ambos lados de su cara, impidiéndole ver nada más que su libro.

Una mano pasa las páginas y cierra el libro sobre la mesa.

Las rastas rubias de la chica caen sobre la mesa.

—Nathan, déjame en paz. —Ella lo mira fijamente, haciendo todo lo posible por quitarle el libro de encima.

Nathan se ríe, mirando por encima de ella mientras su pequeño sombrero de copa decorativo cae de su cabeza. Se aleja, soltando el libro de ella, y le da un manotazo al sombrero llevándolo al otro lado de la mesa.

Una masa de rizos cortos y negros bloquea la vista de la chica mientras un chico de piel oscura, con ojos marrones y una fuerte mandíbula con una barba menos que mediocre, se apoya en la mesa a su derecha. Ella resopla.

Sonriendo, el chico se ríe.

—Ups, lo siento, Wonka, quiero decir Wanda—. Diceofreciéndole su mejor y más encantadora sonrisa de dientes blancos.

Wanda pone los ojos en blanco y toma su sombrero.

Una nueva mano lo lanza a través de la mesa hacia Nathan.

—¡Oh, lo siento! Quería tomarlo.—Una pelirroja de pechos grandes se sienta a su izquierda, cubriendo sus labios rojo intenso con la punta de los dedos.

Wanda vuelve a poner los ojos en blanco, aferrándose a su libro, acercándoselo más.

—Por favor, dejadme en paz.—Sus palabras salen apenas por encima de un susurro mientras pone el libro en su regazo y extiende una mano hacia el suelo hasta su sombrero, tan cerca y a la vez tan lejos.

Una zapatilla de marca empuja el sombrero en el espacio entre las mesas.

—Vamos, Wanda, ¿no te caemos bien? — Una voz ligera pero masculina se impone sobre el resto, y se ríe. —Somos tus amigos—. Una mata de pelo largo y negro cae sobre la mesa, dando paso a otra mandíbula fuerte y cuadrada, una sonrisa encantadora y unos ojos marrones muy cerrados.

Wanda aprieta los lados de su libro en su regazo, mirando a la mesa, pero sin hablar.

Antes de que pueda intentar apartarse o levantarse, el resto de la manada desciende. Seis estudiantes más se sientan alrededor de la mesa. Ahora, la rodean cinco chicos y cinco chicas.

Una chica linda y alegre tira del chaleco de Wanda.

—¿Para qué tienes tantos botones? Pareces una nevera—. Se ríe, aplastando la cara hacia arriba, y sus cortos rizos de color rubio blanquecino balanceándose sobre sus mejillas mientras mira alrededor de la mesa.

La chica tira de una insignia roja con unos labios separados en ella.

Wanda aparta su mano.

—Son insignias de mis películas favoritas—. Frota sus dedos sobre el metal brillante.

Nathan le señala con la barbilla.

—Sí, ¿por qué es un par de labios de chica? ¿Te gustan las chicas o algo así? —Se ríe, se lame los labios y le lanza un beso.

La chica alegre le da un manotazo.

—Ew, Nathan. Claro que no—. Cruza la mirada con Wanda. — ¿O sí? — Ella le sostiene la mirada, arqueando una ceja.

La voz de Wanda apenas es un susurro.

—No—. Dice, recorriendo con la mirada la mesa mientras todos escogen su comida.

Nathan se ríe.

—¿Por qué estás tan interesada, Burbuja? —Él le sonríe, cortando su mirada — ¿Te interesan? —Se lame los labios, mirándola de arriba abajo.

Una chica asiática menuda, con una melena a capas que se curva en torno a una cara de desprecio, le lanza un poco de lechuga de su ensalada.

—¡Cállate, Nathan! Estoy segura de que Blake le da suficiente coño— Dice cruzando la mirada con el chico de pelo largo y negro. —Es tan bonito que bien podría ser una chica—. Dice, sosteniendola mirada, sonriendo, e inclinándose hacia Hugh.

Blake se aparta el pelo del hombro, se cruza de brazos y la mira fijamente.

La chica asiática resopla, sacudiendo la cabeza.

—Eso demuestra lo que digo.

Blake pone los ojos en blanco.

—Brenda, cariño, por favor, explícale lo satisfecha que estás con nuestra relación. —Extiende una mano hacia Miku.

Brenda se ríe. —Mi asiático supera a todos los asiáticos y me da ese tentáculo toda la noche—. Se inclina hacia él, plantandole un enorme beso por encima de la mesa.

Todo el mundo hace *ohs* y *ughs*, se inclinan o se dan la vuelta.

Wanda se aleja, enroscando los dedos en su sudadera negra.

—¿Por qué estáis aquí de todas formas? No somos amigos—.Se encoge en sí misma, tomando medidas meticulosas para no ver la interacción que tiene lugar tan cerca de ella.

Los chicos se ríen, chocando y empujándose unos a otros.

Un chico rubio, grande y corpulento, empuja a Blake contra el chico moreno que está a la derecha de Wanda, haciéndola caer contra el pelirrojo que está a su izquierda.

Wanda se aparta el pelo de la cara, revelando una mancha de color rojo, rosa y púrpura alrededor del ojo derecho y por la mejilla. Sin pensarlo, se coloca el pelo detrás de la oreja, dejando la cara al descubierto mientras busca en el café mesas libres lejos de ellos.

Un tipo bronceado con rizos negros cortos sentado justo enfrente de Wanda, al lado de Nathan, deja caer su tenedor, gruñendo, y mira al otro lado de la sala, a su izquierda.

—¡Uf! ¡Gracias, Jeb! Ahora he perdido el apetito porque la rara se ha descubierto la cara—. Dijo señalando a Wanda.

Wanda devuelve su mirada a la mesa, dejando que su pelo caiga sobre su cara de nuevo.

Una chica de piel oscura sentada al otro lado de la mesa le da un manotazo.

—¡Cállate, Tyler! Maldita sea. No puede evitarlo—. Mira a Wanda y le ofrece una débil sonrisa.

Wanda se limita a mirar la mesa, haciendo que su pelo le cubra más la cara.

Tyler empuja su bandeja hacia delante, se cruza de brazos y mira fijamente a la chica negra.

—Bien, Dorine, si te parece tan bien, ¿por qué pusiste esa cara cuando la miraste hace un momento? ¿Hm? —Sonríe. —Estoy de acuerdo con Wonka. ¿Por qué estamos aquí si ni siquiera nos cae bien? —Pasando la lengua por el interior de su labio inferior, miró alrededor de la mesa.

El chico de piel oscura se ríe, dando un codazo en el hombro de Wanda, haciéndola rehuir, y cruzando la mirada con Tyler.

—Vamos, hombre, no es tan mala—. Se vuelve hacia ella, asomando la barbilla, y sonríe. —¿Verdad, Wonka? —Riéndose, pone un brazo alrededor de la chica asiática, clavándole la mirada ante su sonrisa dulce e inocente.

La chica asiática deja escapar una ligera risa, clavándole los ojos a Wanda.

—Sabes, Hugh, me gusta bastante su desfiguración —. Sonríe. —Le da un aspecto ferozmente japonés—. Vuelve a sonreír. —Deberían convertirla en un cómic—. Extiende una mano, moviéndola con cada palabra. — Shogun del infierno con cara roja—. Vuelve a sonreír, poniendo la mano en su regazo. —Puedo ver su cara pegada en todas partes como el cartel de un asesino de monstruos—. Su sonrisa no vacila al encontrarse con la mirada de Wanda.

Hugh levanta un dedo del hombro de la chica asiática.

—Au, Miku, eso suena malvado—. Se mueve en su asiento, ajustando su brazo en el hombro de ella.

Miku le sonríe.

Jeb se mete en la boca un gigantesco tenedor de espaguetis, dejando que la salsa enrojezca su barba grisácea, y habla con la boca llena.

—¿Vais a venir al partido de esta noche? Es el último del año—. Mastica, dando un manotazo, y mira de un lado a otro entre todos y su comida mientras se lleva otro gigantesco tenedor a la boca.

Una chica de pelo rubio, con un maquillaje impecable, sentada a su lado, curva un poco el labio mientras busca una servilleta.

—Uf, Jeb, límpiate la barba—. Se echa el pelo perfectamente peinado por encima del hombro, pasando sus uñas por su uniforme de animadora. —Será mejor que estéis allí para ayudarme a animar a mi pequeño Jebby—. Dijo pasando sus ojos al otro lado de la mesa. —Va a necesitar todo el ánimo que podamos darle si quiere conseguir esa beca y hacerse profesional—. Ella sonríe, deslizando su mano sobre el muslo de él, y luego frunce el ceño cuando él se vuelve hacia ella.

Por primera vez desde que se sentaron todos, nadie habla durante varios segundos, y entonces Nathan sacude la cabeza.

—No, hombre, tengo algunos peces que pescar, si sabes lo que quiero decir—. Se ríe, mira a la pelirroja y le guiña un ojo.

La pelirroja gruñe, pone los ojos en blanco y se cruza de brazos mientras mira hacia el otro extremo de la mesa.

—En tus sueños, Nathan—. Vuelve a gruñir.

Nathan se ríe.

—Oh, dulce Paulina, ¡sí! La chupas tan bien en mis sueños—. Se ríe de nuevo, chocando los cinco con Jeb al otro lado de la mesa.

La mesa estalla en carcajadas.

Todos, excepto Wanda, que se encoge cada vez más hasta que es capaz de deslizar sus piernas fuera del asiento y separarse de ellos. Recogiendo su sombrero, sale a toda velocidad de la cafetería.

CAPÍTULO UNO

La Gran Manzana 2019,
Una pequeña empresa periodística:

Tyler, crecido, musculoso y encantadoramente guapo, se sienta detrás de un escritorio con un viejo teclado Mac bajo sus dedos y los mueve por encima de las teclas designadas para empezar a escribir.

—Vamos, hombre, piensa en algo para escribir—. Suspira, mirando sus dedos por encima de las teclas. —Maldita sea—.Se pone las manos sobre la cara, girando en la silla del escritorio, y gruñe en las palmas.

Tocan a la puerta abierta.

Tyler baja las manos lo suficiente como para pasar sus ojos hacia la puerta.

Una joven rubia y menuda asoma la cabeza en el interior con una sonrisa exagerada que se convierte en una mueca.

—¡Lo siento! Sé que no querías que te molestaran, pero me están acosando—. Dijo apretando los dientes, oscilando la cabeza, mirando al techo y hablando entre dientes. —Uuugh… —. Su mirada vuelve a dirigirse a él. —¿Tienes algo para darles?— Se gira, apretándose contra el marco, y se apoya con una mano en el interior de la habitación.

Tyler resopla, volviendo a su escritorio, y cruza los brazos sobre el borde.

—No—. Sacude la cabeza, despeinando sus cortos rizos negros, y deja que su mano pase por su barba mientras cae de nuevo sobre el escritorio. —La película era una mierda, pero no puedo decir eso porque aparentemente soy «demasiado negativo»—. Pone comillas en las dos últimas palabras. — Necesito este trabajo. Lo necesito para llegar al que quiero—. Dijo apoyando la cabeza en su brazo, haciéndola rodar un par de veces, y habló hacia el suelo. —¿Cómo debería hacer esto? — Dijo manteniendo la cabeza agachada y gimió.

La rubia entra de puntillas en el armario de un despacho, mirando por encima del hombro, y cierra la puerta, hablando en voz baja.

—Bueno, ¿hay algo que te haya gustado?— Se acerca a su escritorio, sentándose en la esquina, y se ajusta la blusa.

Tyler habla sin levantar la cabeza.

—No, todo lo que había era artificioso y trillado. La mejor parte era el perro, y se muere—. Levanta la vista, abriendo la boca para hablar, y se detiene en seco, mirando el par de pechos cubiertos de encaje negro tan cerca de su cara.

La rubia saca sus pechos, moviéndolos de lado a lado mientras habla.

—Quizá pueda darte algo de... inspiración—. Se muerde el labio inferior, dejando que se deslice lentamente entre sus dientes.

Tyler se sienta recto, deslizando las manos sobre sus muslos abiertos, y se lame los labios.

—Sí, tal vez puedas—. Sonríe mientras ella se vuelve hacia él con una sonrisa.

La rubia se desabrocha el resto de los botones de su blusa, sacando el par de orquillas de su moño, y se sacude el pelo. Con un pie, mete los dedos por debajo del asiento de su silla y tira de él hacia ella.

Las ruedas chirrían y chirrían cuando su peso se mueve por el suelo.

Riendo, ella abre las piernas, tirando del dobladillo de su falda lápiz negra, y desliza su pie entre las piernas de él hasta su entrepierna.

Tyler respira profundamente, mirándola, y luego cierra los ojos cuando el pie de ella se desliza y se mueve sobre su endurecida polla.

—Ven aquí—. Avanzando, la levanta de su posición, poniéndola en su regazo.

La rubia suelta un rápido chillido, acomodando sus piernas a ambos lados de él, y apoya su pecho en su cara.

———

Newport, Rhode Island
En una mansión de cuatro pisos que tiene un camino de entrada con un círculo de rocas alrededor de una fuente de tres niveles y una pista de tenis y piscina detrás del patio:

Una mujer alta y desalentadora recorre el suelo de mármol gris del vestíbulo, pasando su plumero Swiffer por los jarrones chinos amontonados en cada uno de ellos.

Merrien se pasea, con su bata de seda rosa ondeando detrás de ella.

—¡Oh, Brunhilda! Sé buena y limpia la caja de Fifí. No soporto el olor que desprende—. Sonríe a la sirvienta, golpeando y empujando suavemente los rulos demasiado grandes de su pelo teñido.

Brunhilda murmura para sí misma en alemán mientras sigue quitando el polvo a una decoración muy delicada.

Merrien se ríe y se detiene ante la puerta de la cocina.

—*Nehmen Sie diesen Ton nicht mit. Ich werde dich sofort feuern*—. Se ríe de nuevo ante la mirada de Brunhilda—. —Ahora, vete a la caja de los perros—. Hace un gesto con la mano hacia el conjunto de escaleras dobles que se curvan entre sí mientras suben y bajan.

Brunhilda pone los ojos en blanco y habla con un marcado acento germano.

—Sí, señora Grüber, voy a limpiar la caja de mierda de su precioso cachorro—. Ofrece una sonrisa demasiado sarcástica y se dirige a las escaleras.

Merrien sonríe, asintiendo una vez, y se vuelve hacia la cocina.

—Apuesta tu dulce trasero a que lo harás—. Enciende el televisor de la cocina y abre la nevera.

La señora de las noticias habla con entusiasmo a la cámara.

—Y en otras noticias, la última atracción que ha llegado a la nación es la de la Mansión Sykes, una casa de terror embrujada que seguramente asustará a cualquiera que entre. En los últimos tres años ha acumulado cientos de miles de dólares por estar abierta todo el año para los aficionados al terror y al miedo—. Se ríe y se dirige a su copresentador. —Seguro que no me gusta pasar miedo, pero puede que tenga que hacerlo para la siguiente parte—. Se ríen juntos mientras ella se vuelve hacia la cámara. —El misterioso propietario ofrece enviar a doce personas al interior para una fiesta privada en la que uno de ellos podría irse a casa con cien mil dólares si «sobrevive a la noche»—. Se estremece. —Oooh, suena espeluznante, ¿verdad, Tom?— Se vuelve hacia su copresentador.

Tom asiente.

—Seguro que sí, Janet. Claro que sí—. Se ríe, mirándola, y golpea sus papeles en su escritorio. —Puede que tenga que entrar yo mismo—. Sonríe, volviéndose hacia la cámara. — Tiene la oportunidad de recibir su invitación dorada por correo, y todo lo que tiene que hacer es enviar sus datos a través de la página web www.sykesmanor.com, que también está vinculada a Facebook, Twitter, Instagram… — Hace una pausa, entrecerrando los ojos, y habla más despacio. — StumbleUpon, Delicious y Buzznet—. Se ríe y se vuelve hacia Janet. —Vaya, parece que voy atrasado—. Sacude la cabeza. —No he oído hablar de los últimos —. Él y Janet se ríen, ambos se vuelven hacia los apuntadores, y él asiente una vez a la cámara. —Cuando volvamos, pandemónium en el centro comercial Brenton—. Señala a la cámara. —Ahora una pausa publicitaria—. La televisión cambia a un anuncio de Arby's.

Merrien reflexiona sobre la información que acababa de recibir.

—Cien mil dólares no sería un mal robo. Tal vez, cuando el viejo se haya ido, pueda gorronear a ese triste bastardo—. Sonríe para sí misma, apoyando los codos en la gran isla de mármol púrpura, y se golpea los labios rosados con sus perfectas uñas francesas. —¿Qué tan difícil puede ser pasar una noche en una casa embrujada barata?— Encogiéndose de hombros, se aparta de la isla y abre su agua Fiji, pone una pajita en la botella y da un sorbo.

————

De vuelta a la oficina de noticias de poca monta:

La rubia vuelve a sentarse en la esquina del escritorio y se abrocha la blusa, sonriendo para sí misma, y clava la mirada en Tyler.

Tyler se echa hacia atrás en su asiento, girándolo de un lado a otro con una amplia sonrisa. Se pasa una mano por los rizos sudados, dejando escapar un largo suspiro, y gira la cabeza hacia ella.

La rubia se ríe.

—¿Suficiente inspiración?— Se alisa el pelo, lo

vuelve a enrollar en un moño y lo atraviesa con los palillos en forma de X.

Tyler se ríe.

—Postergado e infravalorado con un reparto excepcional—. Se inclina hacia delante, apoyando sus dedos enlazados en el borde del escritorio, y le sonríe.

La rubia sonríe, se inclina hacia delante y apoya las yemas de los dedos bajo su barbilla.

—Me alegro de haber sido útil—. Se desliza de su posición, tirando una pila de periódicos. —Oh, mierda. Lo siento—. Se agacha para recogerlos y se detiene, mirando el de arriba. — ¡Oh! ¡He oído hablar de esto!— Lo mira, quitándose el flequillo de la cara. —Sí, es esa cosa de la casa embrujada que regala cien mil dólares a quien pueda pasar la noche—. Le entrega el papel.

Tyler abre la página por completo, leyéndola por encima.

—Es un concurso para sólo doce personas, y tengo que darles mi dirección—. Dobla el papel. —Oh, diablos, no. Probablemente sea una forma de que un asesino en serie entre en las casas de la gente y los mate. Nunca he oído hablar de este lugar. Y no es de extrañar, está en el jodido Mississippi—. Golpea el papel sobre el escritorio.

La rubia se encoge de hombros, clavando los ojos en el papel.

—Ha estado en todas las emisoras de noticias. Se supone que es una sensación de la noche a la mañana—. Suspirando, apoya su trasero contra el escritorio, apoyando las manos frente a ella. —Me parece que es una forma fácil de ganar dinero—. Arquea una ceja, apoyando la barbilla en el hombro, y lo mira fijamente.

Tyler se pasa una mano por la cara, dejándola sobre la boca.

—Ese dinero sería un buen comienzo—. Se ríe, dejando caer la mano.

La rubia se inclina hacia él, apoyando sus dedos bajo su barbilla.

—Si ganas, ven a buscarme—. Con un último beso rápido, ella sale de forma sexy de la habitación.

Tyler se echa hacia atrás, poniendo las manos detrás de la cabeza, y se queda mirando la foto de la mansión Sykes en la portada de su recurso de investigación y competidor, el New York Times.

—Bueno, no estaría de más al menos ver si me atrae —. Inclinándose hacia delante, toma el periódico, hojeando en busca de formas de entrar, y se dirige a la página web en su Mac.

CAPÍTULO DOS

Miami, Florida
Tribunal del condado de Miami-Dade:

Miku está de pie detrás de una pequeña mesa junto a un hombre regordete con una mancha de mostaza en la corbata por haber comido un perrito caliente. Tira del dobladillo de su americana negra, dejando que sus dedos rocen su falda lápiz a juego. Saliendo de detrás de la mesa, se dirige al jurado con una sonrisa.

El fiscal y la acusadora, vestida con un jersey de cuadros oscuros de los años noventa y unos grandes zuecos, se ponen también en pie y se dirigen al jurado con irritación.

El juez levanta una mano hacia el jurado.

—¿Tienen su veredicto?— Bajando la mano, apoya los dedos a lo largo de la mandíbula y la mejilla y espera.

El presidente del jurado está de pie. Es un hombre con un corte de pelo militar y gafas redondas de alambre. Sostiene una hoja de papel en sus manos temblorosas y se niega a mirar a nadie ni a nada más que a la hoja.

Aclarándose la garganta, el presidente del jurado comienza a leer la página con voz temblorosa.

—Nosotros, el jurado, encontramos al Sr. Attleman en el cargo de agresión sexual… inocente—. Hace una pausa mientras la sala estalla en abucheos. —En el cargo de contacto sexual criminal, encontramos al Sr. Attleman… inocente—. Entrega la hoja al alguacil, que la entrega al juez.

Más abucheos, silbidos y gritos se apoderan de la sala.

Los alguaciles están preparados con las manos en sus armas.

El juez golpea su mazo sin cesar, gritando por encima de la multitud.

—¡Orden! ¡Orden en la sala! ¡Silencio!— Sigue golpeando hasta que el silencio se apodera de la sala mientras los que tienen sentido común se callan y los que no lo tienen son escoltados a través de las puertas, y una vez se hizo el silencio en la sala se dirige al jurado. —Se agradece al jurado su veredicto, puede retrirarse—. Se vuelve hacia la sala, agarrando el mango de su mazo, y lo levanta. —Se levanta la sesión—. Golpeando el mazo, agacha la cabeza.

Miku le da la mano al acusado, que sonríe de oreja a oreja mientras mira al acusador que llora.

El fiscal se acerca a Miku.

—Bueno, felicidades por ser una cabrona de clase mundial… como siempre—. Se ajusta el abrigo sobre el brazo, flexionando el agarre del asa de su maletín.

Miku sonríe, erguida, y agarra con ambas manos el asa de su maletín.

—Y, como siempre, vas a ir directamente al insulto sin cenar conmigo primero. Chasquea la lengua y ladea la cabeza. — Sabes que me gusta estar llena y borracha antes de un polvo suave, así al menos tengo la ilusión adormecida de que fue satisfactorio—. Con una ligera risita, se encoge de hombros, poniéndose más recta y alta. —¿Por qué no intentas, en cambio, asegurarte de que tu caso esté bien montado y sea creíble? He hecho mi trabajo… como siempre—. Ladeando la cabeza de nuevo, sonríe y le guiña un ojo.

El fiscal pone los ojos en blanco, se levanta lo más alto que puede y la empuja a través de la pequeña compuerta saliendo de la habitación.

Miku sonríe para sí misma, sacudiendo la cabeza un par de veces, y luego sale de la habitación con la cabeza alta.

———

Miami, Florida
Le Petit Champignon:

Paulina está de pie detrás de una chica que remueve una olla de sopa. La mano de la chica tiembla mientras se lleva la cuchara de degustación a los labios y sorbe.

Paulina encoge los labios.

—Bueno, ¿cómo crees que sabe?— Se inclina hacia delante, mirando el plato, y respira profundamente. «Porque huele a la vagina de una vagabunda». Mirando a la chica, levanta las cejas. —¿Sabe a la vagina de una vagabunda?— Dijo manteniendo su mirada.

La chica resopla, luchando contra las lágrimas, y deja la cuchara en el suelo.

Paulina sacude la cabeza, poniendo las palmas a los lados.

—¿Y bien?— Su voz se hace más fuerte, el tono sube tres octavas.

La chica rompe a llorar y le tiembla la voz.

—Sabe a la vagina de una vagabunda—. Solloza entre sus manos.

Paulina resopla, señalando la puerta de la cocina.

—Ve a cagarte en los pantalones, límpiate y vuelve a

empezar—. Sacude el dedo señalado y mueve la cabeza, haciendo que sus rizos rojos reboten.

La chica sale corriendo de la cocina, dejando escapar chillidos entre sus sollozos.

Paulina resopla, se vuelve hacia la sopa y se lleva la cuchara a los labios.

—Ahora, ¿es realmente tan mala?— Sorbiendo el resto de la sopa, encoge los labios y baja la cuchara. —Necesita algo de sal... y más ajo, pero no está mal—. Deja la cuchara en la mesa y enciende el televisor mientras espera a que la chica vuelva, cambiando de canal.

Las noticias del canal nueve llaman su atención con una imagen de la mansión Sykes, y se detiene.

La señora de cabello oscuro del telediario habla con escepticismo a la cámara mientras lee el apuntador.

—La atracción más comentada en los últimos días es un lugar llamado la Mansión Sykes. Se dice que es la casa embrujada de terror más emocionante de América. Lleva tres años aquí y ha conseguido cientos de miles de dólares gracias a su puerta abierta todo el año para aquellos a los que les gusta sufrir infartos—. Se ríe y se dirige a su copresentador. —¿Te arriesgarías a morir por la siguiente parte?— Se ríen juntos.

Paulina pierde el interés, vuelve a la sopa y añade una buena cantidad de sal, removiendo, y vuelve a llevarse la cuchara a los labios.

—Eh... — Mueve los labios. —Está mejor, pero todavía necesita ajo—. Se aleja de la sopa y del televisor, y busca dientes de ajo frescos.

Al ver que su copresentador le devuelve la mirada, la presentadora se vuelve hacia la cámara.

—Este desconocido propietario está ofreciendo a doce personas una visita gratuita al interior y una fiesta privada. Si se quedan toda la noche, podrían ganar cien mil dólares—. Se estremece. —Suena un poco sospechoso, ¿no crees, Gerry? —Se vuelve hacia su copresentador.

Paulina deja de picar, mirando por encima del hombro a la televisión, manteniendo su atención ante la mención del dinero.

—Eso sería perfecto para empezar a expandirse—. Se gira del todo, escuchando más de cerca.

Gerry mira a su escritorio, sacudiendo la cabeza un par de veces.

—No sé, Carol, esa cantidad me parece que vale la pena—. Se ríe, mirándola, y golpea sus papeles sobre su escritorio, dejándolos caer sobre sus manos. —Yo también tengo ganas de entrar—. Sonríe, volviéndose hacia la cámara. —Si te interesa, puedes recibir tu invitación dorada por correo. También hay varias formas de introducir tus datos.

Paulina se apresura a buscar un bolígrafo y un papel, tomando una bolsa de papel marrón de un mostrador y un bolígrafo de su bolsillo.

El presentador continúa.

—Entra a través de la página web, www.sykesmanor.com, que está vinculada a Facebook, Twitter, Instagram… — Se remueve en su asiento, entrecerrando los ojos ante el apuntador. — StumbleUpon, Delicious y Buzznet—. Se ríe y se vuelve hacia Carol. —Vaya, puede que tenga que entrar en todos ellos—. Sacude la cabeza, riéndose con Carol, y asiente una vez a la cámara mientras ambos se dan la vuelta. —Cuando volvamos, dejaremos que el Dr. Garret te muestre cómo perder esa obstinada grasa del vientre—. Señala a la cámara. —Ahora, la pausa publicitaria—. La televisión cambia al avance de una película.

Paulina suspira, mirando la lista de opciones de entrada.

—Voy a conseguir mi segundo restaurante—. Sonríe ante la página de escritura garabateada, y entonces una figura ocupa su vista periférica del lado derecho.

La chica está de pie en la puerta, escurriendo su delantal.

—Estoy lista para volver a intentarlo—. Masticando la comisura de la boca, mira a Paulina a trompicones.

Paulina se da la vuelta, guardando el papel en el bolsillo de su delantal, y hace un movimiento con el pulgar hacia la sopa.

—¿Y bien? — Hace una pausa, mirando fijamente. — ¿Por qué te quedas parada? Ponte a trabajar—. Poniendo los puños en las caderas, mira fijamente a la chica, observando cómo se mueve por la cocina.

———

En un apartamento de tres habitaciones y dos baños y medio en la parte bonita de Miami, Miku abre la puerta, dejando su maletín en el suelo a su izquierda, las llaves en el gancho que hay encima, y pone sus zapatos en el felpudo a su derecha, detrás de la puerta.

—¡Paulina! Ya estoy en casa—. Cerrando la puerta, se dispone a volver a cerrarla, desabrochándose la americana mientras avanza hacia el interior.

Paulina asoma la cabeza por la esquina de la cocina, con la harina manchando su cara.

—¡NO! ¡No entres aquí todavía! Llegas pronto—. Se agacha de nuevo en la cocina.

Miku suelta una risita, arqueando el cuello en un intento exagerado de ver más allá de la esquina.

—¿Qué estás haciendo? Y sí, he ganado, otra vez… Así que pudimos ir a casa antes de lo que pensábamos —. Tira la chaqueta sobre el respaldo de un taburete de la barra y entra en la sala de estar.

Paulina llama desde la cocina:

—Es una sorpresa, felicidades por tu victoria y tengo una pequeña buena noticia.

Miku se deja caer en el sofá modular blanco, estirando las piernas sobre el área del salón.

—¿Oh? ¿Qué es?— Se desabrocha los tres primeros

botones de su blusa blanca y apoya la cabeza en el respaldo del sofá, cerrando los ojos.

Paulina suelta una risita.

—Nos inscribí a las dos en este concurso por cien mil dólares. Lo único que tenemos que hacer es pasar toda la noche en una casa embrujada en Mississippi. Y no te preocupes, he utilizado tu caja de trabajo como a ti te gusta—. Aparece por la esquina, desatando su delantal azul, y sonríe a Miku.

Miku levanta la cabeza, arqueando una ceja.

—¿Una casa embrujada? ¿Cómo puede ser eso un reto? —Sonríe, mirando a Paulina de arriba abajo. —¿Sabes lo guapa que estás cuando estás sucia de cocinar?— Se levanta de su asiento, se acerca a ella y le quita un poco de harina con el pulgar.

Paulina sonríe.

—¿Sabes lo sexy que estás con la camisa desabrochada de esa manera?— Lamiéndose los labios, tira del inferior entre los dientes, se inclina y planta un suave pero firme y apasionado beso en los labios de Miku.

CAPÍTULO TRES

Laredo, Texas
Concurso de comer pizza «Sabor a Laredo»:

Jeb está sobre una bandeja de pizza de noventa centímetros, metiéndose un trozo tras otro en la boca mientras un estadio de gente aplaude, abuchea y vitorea.

Un reloj cuenta el tiempo por encima de él y de otros cuatro aspirantes.

El maestro de ceremonias les tiende la mano y se lleva el micrófono a los labios.

—¡Queda un minuto en el reloj! ¡Quedan bastantes trozos de pizza sobre la mesa, amigos! ¿Quién será el próximo campeón de comer pizza de Laredo?— Extiende la mano a Jeb y al resto de concursantes.

La multitud estalla en vítores. Agitan carteles, gritan el nombre de Jeb y hacen sonar las bocinas de niebla.

Jeb mira a sus competidores que mojan sus pizzas en agua, las doblan y mastican como locos. Vuelve a su propia sartén, sumerge la masa de su pizza un par de veces en el vaso de agua y se mete el trozo en la boca.

El reloj detrás de ellos llega a diez segundos.

El público hace la cuenta atrás con él.

Diez.
Nueve.
Ocho.
Siete.
Seis.
Cinco.
Cuatro.
Tres.
Dos.
¡Uno!

Empujando el último bocado de corteza entre sus dientes, Jeb mastica y mastica, forzando el bolo a bajar por su gaznate con un buen trago de agua para ayudar a que se deslice más fácilmente.

El reloj se detiene, emitiendo una fuerte alarma.

De pie, Jeb se pone las manos sobre el estómago. Hinchando las mejillas, lucha contra el vómito. Al tragarlo, abre la boca y saca la lengua.

El público se vuelve loco.

El juez se acerca a él, poniendo su brazo derecho en el aire.

Jeb también levanta su brazo libre, bombeando sus puños por encima de la cabeza.

Los demás concursantes gruñen, sacudiendo la cabeza, y tiran el resto de la pizza a la sartén. Uno de ellos corre hacia el fondo del escenario y vomita en el césped por encima de la barandilla. Otro se pone a llorar y se tapa la cara con las manos.

Una mujer de aspecto muy molesto se acerca a él, poniendo sus brazos sobre la parte de atrás de los hombros.

—No pasa nada, Johnny, ya compensaremos el dinero de otra manera—. Le da unas palmaditas mientras salen del escenario.

El maestro de ceremonias entrega a Jeb un trofeo con

cien mil dólares en la copa, estrechando su mano, y se giran hacia delante para hacerse fotos con flash.

Jeb mira por encima de su hombro, captando al hombre que llora y a la mujer, habiendo escuchado lo que dijo, y deja al maestro de pie frente a la cámara.

Al acercarse a la pareja, la mujer levanta la vista y frota los hombros del hombre.

—¿Puedo ayudarle?— Mira al hombre sentado con la cara entre las manos.

Jeb le entrega el montón de dinero.

—Yo… no lo necesito—. Encogiéndose de hombros, da un paso atrás.

La mujer mira el dinero en sus manos, sin palabras, y le da un codazo al hombre.

—¡Johnny! ¡Johnny! Mira—. Con los ojos muy abiertos y una enorme sonrisa, le muestra el dinero.

Johnny se abstiene de su abatimiento, se inclina hacia arriba y se detiene en seco, mirando a Jeb.

—¿Qué es esto? ¿Algún tipo de caridad?— Se levanta de su asiento, señalando a Jeb. —¿Crees que he sacado la mano?—Su cara se pone más roja que antes, y extiende el dedo, pinchando el fornido pecho de Jeb.

Jeb levanta las manos, inclinando la cabeza hacia abajo, y mira al suelo.

—Mira, amigo, ¿Johnny? Acabo de oír por casualidad lo que dijo tu mujer y pensé en ayudar. No necesito el dinero más de lo que quería el título—. Se encoge de hombros, manteniendo las manos en alto, y flexiona sus brazos demasiado grandes.

Johnny se pone de pie, cruzando los brazos, y luego se limpia la boca un par de veces, mirando por encima del hombro a la mujer y al dinero.

—Bueno, gracias. Hemos dejado de pagar un préstamo y necesitábamos el dinero para liquidarlo y parte del pagaré de la casa—. Encogiéndose de hombros, sacude la cabeza, extendiendo una mano.

Jeb pasa la mirada de la mano a los ojos de Johnny y la agarra.

—No hay problema. Todos pasamos por momentos difíciles—. Asintiendo a él y a ella, se da la vuelta.

Un hombre flaco, que mide unos 30 centímetros menos que Jeb, se acerca a él con una camiseta de Def Leppard, unos pantalones cortos caqui de carga y unas Converse negras, y le da una palmada en la mitad de la espalda.

—Oye, hombre, sé que todos decían: «Necesitamos dinero», pero tú también. ¿O te has olvidado?— Con los ojos en alto, arquea una ceja hacia Jeb.

Jeb pone los ojos en blanco y sacude un poco la cabeza.

—No pasa nada, Kik, puedo ganar la próxima competición y recuperar el dinero. Willard lo entenderá—. Se vuelve hacia Kik, asintiendo un par de veces.

Kik pone los ojos en blanco, hace una mueca y resopla.

—Vamos, J, sabes mejor que yo que Willard no da segundas oportunidades—. Señala detrás de ellos. —Ese fue nuestro billete para salir de sus garras. No es un buen tipo—. Pone ambas manos en sus piernas. —Y a mí, por ejemplo, me gusta usar mis piernas—. Arqueando la ceja de nuevo, mira hacia arriba, sacando las manos.

Jeb se ríe en el fondo de su enorme pecho, rascándolo, y mira hacia delante mientras caminan.

—Voy a volver, lo prometo—. Deja de caminar, golpeando el costado de su puño contra el pecho, y deja escapar un enorme y sonoro eructo que parece no terminar nunca. —¡Guau! Me siento mucho mejor—. Riendo, se vuelve hacia Kik.

Kik se limita a mirarlo fijamente.

—Amigo, bebe un poco de enjuague bucal—. Abanica una mano frente a su cara. —Eso es asqueroso—. Haciendo una mueca, se inclina hacia atrás, todavía abanicándose. —¿Y cómo piensas recuperar el dinero, ¿eh? El próximo concurso es dentro de un mes. Tienes como tres semanas. No esperará mucho más—. Encogiéndose de hombros, extiende ambas manos, manteniéndolas ahí.

Jeb también se encoge de hombros, sacudiendo la cabeza, y mira hacia el otro lado del parque, deteniéndose en seco, y señala.

—Allí—. Señala con el dedo un cartel en un poste de alambre y se acercan a él.

Kik pasa el dedo por debajo de las palabras, deteniéndose en «cien mil dólares».

—Jeb—. Golpea el pecho de Jeb con el dorso de la mano, ladeando la cabeza. —Creo que has hecho algo bien… por una vez—. Riéndose, saca su teléfono, tomando una foto del cartel anunciador del premio de la fiesta de una noche en la Mansión Sykes.

Jeb le da un codazo, señalando las diminutas palabras de la parte inferior del cartel.

—Dice que el plazo de inscripción termina mañana. Y la fiesta es dentro de dos semanas. Los ganadores recibirán sus invitaciones la semana que viene—. Sonriendo, se dirige a Kik. —Si inflamos las inscripciones, tendremos más posibilidades de ser elegidos, y podremos pagar a Willard antes de tiempo—. Manteniendo su sonrisa, guiña un ojo.

Kik se mete el teléfono en el bolsillo, metiendo las manos en los bolsillos justo después, y asiente a su izquierda.

—¿Te queda sitio?— Mueve la cabeza hacia la tienda de ultramarinos que hay al otro lado del camino, y se da unas palmaditas en el estómago con una sonrisa.

Jeb pone un puño carnoso en el hombro de Kik, dándole un empujón.

—Sí, hombre, la verdad es que me apetece algo dulce—. Se pasa la lengua por la boca, chocando un par de veces. —Espero que tengan galletas—. Lamiéndose los labios, se rasca el pecho grande y ancho, estirándose un poco.

Kik se frota el hombro, sacudiendo la cabeza con una sonrisa y una carcajada, y luego encabeza la marcha.

———

Finale Ligure, Italia:
Sesión de fotos de Vogue:

Las cámaras hacen clic y parpadean seguido.

Tres mujeres, que parecen no haber tenido la menstruación desde los quince años, posan alrededor de un Blake alto y delgado, cuya larga melena ondea y se agita alrededor de su cabeza y sus hombros. Sus ropas oscuras y sus espectaculares peinados y maquillajes se apoyan en un cielo azul brillante con vistas a una playa.

Blake sujeta los bordes del cuello de una americana negra reventada mientras se queda mirando a nada en particular. Deja que las mujeres se apoyen en él, lo abracen y le deslicen los brazos por todo el cuerpo durante la siguiente hora, mientras cambian de posición, de pie a sentadas o tumbadas. Al final de la hora, durante los cambios de vestuario y maquillaje, se relaja en su silla de maquillaje mientras la maquilladora se mueve a su alrededor.

Una chica pequeña con un moño desordenado de color rubio brillante, vestida con vaqueros y una camiseta de un festival azul, se mueve de un lado a otro, poniendo una fina capa de base de maquillaje mientras habla por su Bluetooth.

—Sí, mamá, he leído lo de la fiesta en mi teléfono. Voy a entrar sea como sea—. Se ríe, cruzando los dedos. —Cruza los dedos para que esté de vuelta en los Estados Unidos para entonces—. Hace una pausa, y pone un poco de colorete rosa pálido en las mejillas de Blake. —Oh, lo sé. Espero comprar una casa con él. Cien mil dólares es mucho dinero para nosotros, los pobres—. Riendo, se gira hacia el espejo, dejando la paleta. —Sí, mamá, está bien. Yo también te quiero. Adiós—. Quitándose el Bluetooth, se vuelve hacia Blake. —Lo siento—. Ofrece una sonrisa entrecerrada. —Mi madre puede ser un poco parlanchina a veces—. Poniendo los ojos en blanco, levanta la mano en el aire.

Blake se mueve en el asiento de tela.

—No hay problema—. Hace una pausa, levantando un dedo del estrecho brazo de la silla de madera. —¿De qué hablabais exactamente?— Cierra los ojos cuando ella se acerca.

La maquilladora se ríe.

—Ella había visto en las noticias que la casa embrujada, la Mansión Sykes, celebraba una cena con un concurso al azar para que doce personas ganaran cien mil dólares si podían aguantar toda la noche—. Ella pone un poco de sombra de ojos azul en los párpados de Blake. —Le estaba diciendo que voy a enviar la participación esta noche—. Se ríe por la nariz, añadiendo un poco de gel a las cejas para mantenerlas a contrapelo. — Dudo que me elijan, pero nunca lo sabré si no entro—. Al terminar, roza sus manos entre sí y suspira.

Blake suspira con una sonrisa de satisfacción, tirando de la barbilla hacia ella.

—Si por desgracia no te eligen, ¿quieres salir a cenar conmigo? — Se sienta derecho, sosteniendo su mirada.

La chica deja escapar una carcajada dura y sonora, tapándose inmediatamente la boca, y habla a través de los dedos.

—Tal vez pregúntamelo de nuevo cuando no parezcas un payaso asiático—. Riéndose, se aleja, dejando de obstaculizar el espejo.

Blake mira fijamente el trabajo de maquillaje encargado por la compañía de modelos y gruñe para sí mismo. Maldita sea. Reflexiona sobre la idea de ganar ese dinero sólo para unas buenas vacaciones. Tal vez en

Colorado. Sí. Eso estaría bien, no volver a casa, en sí, sino poder vivir en el mejor albergue y esquiar desde el amanecer hasta el anochecer. Se dirige a su bolsa de viaje que está cerca del tocador portátil, saca su teléfono y busca cómo entrar.

CAPÍTULO CUATRO

Breaux Bridge, Luisiana
Cuarto trasero secreto del bar Back Woods:

Un Houston más viejo, menos desgarbado y delgado, se sienta en una vieja silla de ordenador destartalada, cuya tela verde resbaladiza y brillante se resquebraja en las costuras.

El humo de los puros y los cigarrillos impregna la habitación, aferrándose a la humedad del aire caliente.

Otros cinco caballeros se sientan alrededor de la mesa con él, cada uno de ellos dando una calada a uno de los dos tipos de palos humeantes.

Una mujer rubia y bronceada, probablemente de unos treinta años pero que parece tener cincuenta, sirve a la mesa una ronda de cervezas.

Hugh repasa las cartas que tiene en la mano, echando un vistazo a las que quedan sobre la mesa, y resopla.

—Voy. Lo apuesto todo—. Recogiendo su pequeño montón de fichas, las lanza al bote en el centro.

El hombre que está a su lado ve la jugada.

El hombre que está a su lado pasa.

Y el crupier del final se inclina hacia atrás, hablando con un marcado acento cajún.

—Muy bien, todas las apuestas están hechas—. Golpea un par de veces la mesa, mirando a Hugh.

Hugh se rasca el dorso de sus finos rizos desordenados, arqueando una ceja ante sus cartas, y deja que esa mano le pase por la boca, rascándose la fina perilla.

Los demás hombres lo miran con ojos de lince y dan una calada a sus cigarros y puros.

El primer hombre da la vuelta a sus dos cartas, hablando también en un grueso cajún.

—Dos parejas, cuatros y reinas—. Golpeando la punta de su cigarro, refunfuña en voz baja: —Debería haberme retirado—. Se remueve en su asiento y murmura palabrotas en francés.

El siguiente hombre da la vuelta a sus cartas, hablando en un tono tejano.

—Trío de reinas y pareja de seises—. Sonríe, dando una palmadita en el hombro del primer hombre.

El primer hombre aparta el hombro, dando un manotazo al tipo, y murmura más francés.

Es el turno de Hugh y traga contra una boca seca.

—Bueno, todos—. Mira alrededor de la mesa. —Me han superado una vez más—. Les ofrece una media sonrisa, tragando contra el papel de lija que era su boca, y voltea sus cartas. —No tengo nada—. Les ofrece otra media sonrisa. —¿Qué puedo decir? Me han pillado el farol—. El calor irradia por debajo de su camisa empapada de sudor, golpeando su barbilla y sus mejillas.

Los hombres gruñen, el distribuidor se inclina hacia él a través de la mesa.

—¿Dices que no tienes dinero?— Inclinándose hacia atrás, se cruza de brazos.

Hugh echa un vistazo a la sala llena de hombres fornidos con armas y traga más fuerte contra su boca cada vez más seca.

—Si pudieras prestarme un poco más, estoy seguro de que puedo recuperarlo. Estoy pasando por una sequía de jugador, eso es todo—. Deja caer las manos a ambos lados de él, y luego las levanta hacia los hombres que lo miran. —Vamos chicos, ¿qué hay de la vieja hospitalidad sureña? ¿Eh?— Hace una pausa, mirando a su alrededor con una sonrisa incómoda en la cara.

Lo siguiente que sabe es que uno de los hombres corpulentos lo está lanzando por la puerta trasera, a través del estrecho callejón, y contra la pared de ladrillo del siguiente edificio.

Tosiendo, Hugh llega a sus antebrazos y rodillas lentamente.

El tipo que lo arrojó le grita en un cajún profundo y grueso:

—Tráenos el dinero o no podrás caminar—. Se da la vuelta y cierra la puerta tras de sí.

Hugh grita sus palabras, hablando con el tipo, pero realmente hablando consigo mismo.

—¿Cómo voy a conseguir el dinero si no puedo caminar para conseguirlo?— Tosiendo, vuelve a gemir, llevándose una mano al estómago, y mira hacia arriba.

Una página de papel plastificado de color rosa intenso se agita contra un poste de electricidad a unos metros del callejón, emitiendo un fuerte sonido una y otra vez.

Poniéndose en pie, Hugh camina por el callejón en dirección al poste, con la intención de apartarse de él e ir hacia su derecha, pero la imagen y el texto gigante que proclama «cien mil dólares» en el volante le llaman la atención.

En el centro del papel, en tinta negra desvaída, hay una foto de la mansión Sykes. La información aparece alrededor de la foto y en la parte inferior.

Sacando su teléfono, cuya pantalla está ahora rota en una esquina, entra en todas las formas posibles.

———

Santa Fe, Nuevo México

Sentada en el centro de su sala de estar, en una silla de juego de cuero blanco, Brenda pulsa el mando de la Xbox y habla por los auriculares.

—Vale, chicos, tenéis que poneros las pilas. No podemos perder este tdm. Tengo mucho dinero en juego—. Con su *joy stick*, presiona el botón del gatillo y dispara a uno de los oponentes.

Los disparos rápidos y las explosiones salen de los enormes altavoces situados a ambos lados de su estación de juego con múltiples monitores.

Una voz masculina sale del altavoz de sus auriculares.

—No pierdas el control, Burbuja, nosotros valemos, chica.

Brenda ve cómo una granada alcanza a uno de sus compañeros.

—¡Maldita sea, Reggie! ¡Te dije que miraras tu mini mapa y estuvieras atento! ¡Deja de ser una maldita hamburguesa!— Agarra su mando con más fuerza, haciendo clic y cambiando de sitio, acertando todos los objetivos.

Una voz masculina angustiada llega a sus auriculares.

—¡No soy una hamburguesa, Burbuja, maldita perra! ¡Deja de gritarme! ¡He cometido un error!

Burbuja deja escapar una risa estridente, casi histérica.

—¡Sí, un error que nos hizo superar el número de muertos y nos costó la puta partida! ¡Ahg!—Con rabia, lanza su mando por la habitación, golpeando el respaldo de su silla.

Varias voces, femeninas y masculinas, llegan a los auriculares, hablando todas a la vez.

—No seas así, Burbuja.

—Vamos, chica, es una partida.

—No se puede ganar siempre.

—¿Cuánto dinero has apostado por nosotros?

La última pregunta le hace dejar de pasearse por la habitación y apartar su corto pelo rubio blanquecino de la cara con un resoplido.

—Cincuenta mil—. Resopla, dejando que su mano se deslice por su cara y se detenga en su boca.

Las voces comienzan de nuevo.

—Maldición, B. ¿Por qué tanto?

—¿En qué estabas pensando? Ni siquiera nos pagan tanto por jugar.

—¿De dónde has sacado el dinero y por qué no nos lo has contado?

Brenda gime un poco en su mano antes de volver a resoplar.

—He estado ahorrando mis ganancias... — Se gira en un círculo rápido para mirar la pantalla que muestra los XP y los pocos objetos desbloqueados, y le tiembla la voz. —Y entonces, una noche, alguien del otro equipo me mandó un mensaje por correo electrónico, apostando que podía ganarnos con unos alineamientos muy específicos en torno a su hipótesis...— Sus ojos se abren de par en par mientras caen al suelo, y sacude la cabeza como si pudieran verla. —Y está claro que se equivocaron, pero el puto Reggie tuvo que abalanzarse y ser alcanzado por una jodida granada rebelde para hacernos caer en el abismo—. Apunta con toda la mano hacia delante como si la pudieran ver y aprieta los dientes.

La voz de Reggie vuelve a sonar por los auriculares con un tono suave y profundo.

—No. Fue. Mi. Culpa. Esa granada salió de la nada y el juego tuvo un fallo que les dio la victoria. Yo estaba en medio de un movimiento. Ni siquiera estaba cerca. Nos tomaron el pelo.

A Brenda se le acumula un dolor en la boca del estómago y suspira, pellizcándose el puente de la nariz mientras cierra los ojos.

—Si eso es cierto, Reggie, te debo una disculpa—.

Soltando el puente de su nariz, vuelve a su pantalla, abriendo el cuadro de diálogo, mostrando una pantalla raíz. —Voy a investigar el código para ver si fue un verdadero fallo—. Despliega su teclado inalámbrico y pulsa las teclas cubiertas de silicona.

Su auricular se calla.

Brenda se deja caer en la silla, dejándola girar, y resopla.

—Fue un fallo real—Golpeando su mano contra la frente, murmura sus palabras. —Lo siento, Reggie—. Clava la mirada hacia su izquierda y gruñe para sí misma.

La voz de Reggie llega por sus auriculares un poco más ligera que antes.

—Gracias, Bur—. Se ríe, y luego una de las pantallas le muestra despidiéndose.

Brenda suspira de nuevo, girando con la punta del pie.

—Os veré más tarde, tengo que averiguar cómo recuperar mi dinero—. Antes de que ninguno de ellos pudiera responder, apaga sus auriculares, tocando unas cuantas teclas, y apaga todas las pantallas excepto la principal.

En la esquina inferior derecha de la pantalla aparece un cuadro de texto que anuncia un concurso.

Intrigada, Brenda hace clic en él.

—Probablemente sea spam, pero merece la pena echarle un vistazo—. Encogiéndose de hombros, hojea el cuadro de texto más grande que ocupa la mitad de su pantalla.

Una pantalla de luz intermitente rodea un collage de imágenes con vísceras, sangre y gore. La imagen central es la de la mansión Sykes en blanco y negro para lograr un efecto ominoso.

Brenda entrecierra los ojos en la pantalla, exhalando sus palabras.

—¿Qué coño es esto?— Volviendo a encender las

pantallas, enciende sus auriculares, echando un vistazo a la lista en línea.

Dedric sigue en pie.

Bien.

Brenda ajusta el micrófono delante de su boca.

—Hola, D. Ella espera.

Dedric suspira en su micrófono.

—¿Si, chica?

Brenda sonríe para sí misma, con las mejillas un poco calientes.

—Acabo de conseguir este pop-up para un concurso de casas embrujadas; la ganancia es de cien mil si duras la noche—. Se ríe. —¿Te apuntas? Lo único que tenemos que hacer es entrar con nuestro nombre y dirección—. Inclinándose hacia atrás, gira sobre la silla. —¿O crees que es spam? Porque no he oído hablar de la Mansión Sykes—. Apoya el codo en el brazo de la silla, apoyando la barbilla en la mano, y espera a que él responda.

Una ligera risita llega a los auriculares.

—B, me apunté a eso hace semanas. Hoy es el último día de inscripción. Se supone que ese lugar es la mierda de las casas embrujadas, como un tipo de terror de primera categoría que te hace cagar de miedo. ¡Ve por ello, chica!

Brenda se muerde el labio inferior y, al darse cuenta, frunce las cejas.

—¿Lo sabías desde hace semanas y me lo dices ahora? Yo te lo dije minutos después de enterarme—. Se sienta recta, mirando el vacío que hay entre ella y su teclado.

Dedric se ríe.

—Lo siento, B, no sabía en ese momento que sería algo tan importante. Ni siquiera estaba seguro de que fuera lo tuyo—. Le entrega esa misma risa encantadora.

Brenda pone los ojos en blanco, sacudiendo la cabeza, y sonríe.

—Está bien, pero la próxima vez, recuerda que es totalmente lo mío—. Sonríe para sí misma, soltando una ligera risita, y vuelve a cortar las pantallas.

Desplazándose por el anuncio, llega al punto de entrada, poniendo sus datos, y entonces cierra la última pantalla, yendo a la cocina por un sándwich de pavo.

———

Charlotte, Carolina del Norte
River Jam Run: Edición triatlón:

Dorine cruza la línea de meta de su última carrera segundos después de su principal oponente y se frena, recuperando el aliento.

—Como siempre, Marci, buena carrera—. Bajando una mano de su cabeza, la extiende, respirando profundamente.

Marci sonríe, tomando su mano, y la estrecha, recuperando el aliento.

—Lo mismo digo—. Tragando aire, vuelve a llevar la mano a la parte superior de su cabeza, dejando salir su aliento lentamente.

Con la respiración normalizada, se acercan a la estación de abastecimiento, toman los pequeños vasos de papel rojos y beben hasta saciarse sin excederse ni congelarse por el frío. Al otro lado de la mesa, junto a ellas, están los encargados de la estación charlando.

Dorine se inclina hacia ellos.

—¿Qué fue lo que dijiste sobre un concurso?— Mira a la rubia teñida, haciéndole una mueca por escuchar a escondidas.

La rubia teñida pone las manos en las caderas.

—Hay una casa embrujada en Mississippi que organiza un concurso para ver quién se queda toda la noche por cien mil dólares—. Su ceja se tuerce y gruñe.

Dorine mira a Marci y sonríe.

—Oh, eso suena muy bien—. Vuelve a mirar a la rubia, poniéndose más alta. —Aunque nunca he oído hablar de ello—. Sonriendo dramáticamente, mueve las pestañas un par de veces.

La rubia pone los ojos en blanco.

Otra rubia a su izquierda deja escapar una dura carcajada, dirigiéndose a Dorine.

—Estás bromeando, ¿verdad?— Mira a Dorine, arqueando una ceja.

Dorine le ríe a Marci, sacudiendo la cabeza.

—Hemos estado entrenando para las Olimpiadas. Apenas hemos tenido tiempo de orinar, y mucho menos de hacer algo divertido—. Vuelve a reírse y le da un codazo a Marci.

La rubia mira a las dos, con la boca un poco abierta.

—Es como la atracción de terror más genial en los Estados Unidos ahora mismo. ¿Cómo es que no has visto un anuncio o no has oído hablar de ella a través de un podcast o incluso en las noticias antes de ahora?— Deja escapar unas cuantas risas forzadas, sin dejar de mirarlas.

Dorine levanta las cejas, con los ojos abiertos por un segundo, y suelta una risita, clavando los ojos en Marci.

—Entonces, ¿cómo entro en este concurso supergenial?—Agitando los dedos en abanico un par de veces cruza los brazos sobre su camiseta de correr, y su número de carrera se arruga.

Ambas chicas sacuden la cabeza, pero la rubia decolorada responde.

—Oh, no… vosotras dos podéis resolver eso por vuestra cuenta. Creo que ya hemos ayudado bastante—. Entregándoles una sonrisa exagerada, se cruza de brazos, mirándolas fijamente a ambas.

Dorine y Marci se ríen, hablando al unísono.

—Muy bien…— Riendo más, se alejan de las chicas y de la multitud.

Sentada en un banco, Dorine se dirige a Marci.

—¿Quieres que entremos juntas? Podemos dividir

las ganancias—. Entrecerrando los ojos, la mira, dejando que la comisura de su boca se separe de sus labios.

Marci suspira, buscando en el suelo a sus pies.

—No sé, D. Como dijiste, apenas tenemos tiempo para orinar, y mucho menos para divertirnos. Además, no nos queda mucho tiempo de entrenamiento, y esto es tan puntual. ¿Cuándo sortean y para qué noche es?— Se muerde la comisura de la boca.

Dorine se inclina hacia delante en su asiento, apoyando los codos en las rodillas.

—Bueno, vamos a buscarlo—. Saca su teléfono, abre su aplicación de Google y teclea en la barra de búsqueda. —Aquí dice que hoy es el último día para participar, que el sorteo es esta noche, que anuncian los ganadores la semana que viene y que la fiesta es la semana siguiente—. Vuelve a mirar a Marci entrecerrando los ojos. —Entonces, ¿quieres dividir las ganancias?— Sonríe.

Marci vuelve a morderse la comisura de la boca.

—Bueno, esto deja una pregunta, ¿el dinero es por ganador o una sola suma?— Sonríe.

Dorine se ríe, recorriendo las formas de entrar.

—Esa es mi chica—. Se acerca a Marci para que se siente y rellenan los formularios de inscripción con sus datos.

CAPÍTULO CINCO

Redondo Beach, California
Sala de interrogatorios del departamento de policía de
Redondo Beach:

Nathan se sienta en la incómoda silla de metal con un acolchado mínimo, con los brazos cruzados sobre el borde de la mesa y la cabeza apoyada en las muñecas. Sus rastas rubias decoloradas le cuelgan por los hombros, el cuello y los bíceps.

La puerta se abre con un chirrido.

Nathan levanta la cabeza, con los ojos inyectados en sangre y con círculos oscuros entrecerrando los ojos al policía al otro lado de la mesa.

—Entonces, oficial Corey, ¿mi información era buena?—Resoplando, se limpia la cara hundida y delgada con ambas manos, se sienta y se reclina en la silla.

Corey deja una bolsa de Smashburger para llevar sobre la mesa. El olor a champiñón, queso suizo, cebolla y patatas fritas llena la habitación.

Nathan se lame los labios, se inclina hacia delante y toma la bolsa.

Corey la desliza justo fuera de su alcance.

—No tan rápido, Nathan. Tu información era buena. Conseguimos lo que necesitábamos, pero tienes que limpiarte, hombre—. Hace una pausa, resoplando, y baja la voz. —Por el bien de ambos—. Se limpia la boca y empuja la bolsa hacia Nathan.

Nathan toma la bolsa. Se la acerca a la cara y mira dentro. Inclinándose hacia atrás, mete la mano, con el papel arrugado, y saca una enorme hamburguesa. Después, un recipiente de cartón con patatas fritas. Mirando a Corey, desenvuelve la hamburguesa y se la mete en la boca.

Corey se echa hacia atrás con un suspiro, limpiándose la boca de nuevo, y observa cómo Nathan se atiborra.

Nathan traga, tomando un sorbo de su vaso para llevar, y se mete más en la boca, hablando a través de la comida.

—Lo sé, cerdo. Lo sé—. Levanta la hamburguesa con una sonrisa de ardilla. —Gracias por la comida—. Deja que un poco de comida salga de sus labios y vuelve a masticar con la boca abierta.

Corey hace una mueca, poniendo los ojos en blanco, y se obliga a ignorar el eco de las bofetadas.

—Sí, claro—. Tragando contra el vómito en su garganta, espera una eternidad para que Nathan termine de comer.

Una vez terminado, Nathan suelta un sonoro eructo y se mete las tres últimas patatas fritas en la boca con una sonrisa.

—Entonces, ¿me llevas a casa?— Bebió el último sorbo de su bebida, haciendo ese ruido al sorber.

Resoplando, Corey asiente, levantándose de su asiento con un ligero gruñido.

—Sí—. Suspira, sujetando el pomo de la puerta. —Vamos—. Abre la puerta, mirando a la parte superior del marco mientras espera.

Nathan se arrastra, toma la basura y la tira en el cubo que hay junto a la puerta del pasillo.

Los dos atraviesan la pequeña comisaría hasta el

aparcamiento y Nathan se sube a la parte trasera del coche de Corey.

Diez minutos después, Corey se detiene en un edificio de apartamentos y se baja, abriendo la puerta trasera del conductor.

—Entra y límpiate. Saldré del trabajo en unas horas —. Resopla, encontrándose con la sonrisa de Nathan, y mira hacia nada en particular. —Maldita sea, me alegro de haber recibido tu parte del alquiler cuando llegó tu cheque—. Se pasa la lengua por la boca, clavando los ojos en Nathan. —Sal—. Se hace a un lado, sujetando la puerta.

Nathan se ríe, deslizándose por los asientos de plástico, y se ríe al bajarse.

—Sí, estaré impecable cuando llegues a casa—. Riéndose, sacude la cabeza, saca las llaves del bolsillo y entra cojeando.

Sacudiendo la cabeza, Corey cierra la puerta del coche, viéndolo entrar en el apartamento, y luego vuelve al trabajo.

Otra hora y media más tarde, Corey se sienta en su escritorio, navegando por Facebook mientras mordisquea la mitad sobrante de un sándwich de Subway. Al tomar un bocado, se desplaza hasta un anuncio de la Mansión Sykes. En él se detalla el concurso y las vías de acceso, así como fotos de la atracción. Pincha en el enlace, que le lleva a una página separada de Safari para participar.

Dudando un poco, Corey murmura para sí mismo:

—Qué demonios—. Tocando la casilla de la dirección, pone la dirección de su apartado postal.

Al terminar, Corey se detiene mientras una idea cruza su mente. Se atreve a introducir la dirección del apartamento de Nathan. Sentado, curva sus dedos sobre sus labios, mirando la confirmación de entrada que ocupa la pantalla. Cerrando la ventana, deja el teléfono en el suelo y sigue con el resto del papeleo, dejándolo caer de su mente.

———

Esa misma noche, el reloj marca el final del turno y Corey toma su chaqueta y sus llaves, y se sube a su coche. Tras llegar al edificio de apartamentos, se afloja la corbata, juguetea con las llaves hasta encontrar la correcta y abre la puerta.

Sacando la llave de la cerradura, Corey echa un vistazo a la entrada de su oscuro y modesto apartamento de dos habitaciones y un baño.

—¡Hola, Nate! Ya estoy en casa. Espero que no te hayas comido el resto de mis Cocoa Pebbles—. Riéndose, arquea una ceja ante la silenciosa oscuridad. —¡Oye! ¿Por qué están todas las luces apagadas? Hablamos de dejar esta encendida para que entrara—. Gimiendo, cierra la puerta con un suave clic, esperando y escuchando una respuesta.

Nada.

Es extraño. Siempre suelta algún tipo de respuesta sarcástica. Un repentino pánico se apodera de Corey y se dirige a la habitación de Nathan en la parte trasera del apartamento.

La puerta está lo suficientemente agrietada como para que el cierre toque metal con metal.

Una luz parpadea desde el interior y se filtra una suave conversación.

Corey pone la mano en la puerta, dudando de la verdad que podría encontrar. Tragando con fuerza, empuja la puerta, abriéndola un poco más. La puerta chirría en sus bisagras y su corazón se desploma ante la visión que le ofrece.

Allí, tirado en la cama, está Nathan. La goma elástica delgada suelta bajo su brazo. Una aguja en el suelo bajo su pelo rubio colgante. La falta de vida en sus ojos vidriosos. La boca abierta en una ligera sonrisa mientras una línea de vómito espumoso sube por su mejilla. Todavía gotea en el suelo.

Volviendo a sus cabales, Corey se apresura a entrar en la habitación, presionando con dos dedos en el pliegue de la base de la mandíbula de Nathan.

Nada.

Corey se inclina, poniendo una oreja en el tibio pecho de Nathan.

No hay subida ni bajada. Ningún sonido en absoluto.

Se limpia la boca con la mano que no utilizó para comprobar el pulso de Nathan y resopla reflexionando sobre sus opciones. La mejor opción es frotar la mayoría de las cosas que tocaría todos los días, como los pomos de las puertas, los mostradores, los platos y los armarios, y luego llamar como ciudadano preocupado del edificio. Por suerte para él, el Sr. Narz, del otro lado del pasillo, llama por Nate todo el tiempo cuando está en el trabajo. Tampoco tiene ni idea de que Corey vive allí.

Después de haber limpiado todo, abre y cierra la puerta principal con un trapo, baja las escaleras y llama con su mejor voz de anciano.

Minutos después, la llamada llega por el comunicador y Corey la intercepta, esperando unos minutos antes de volver a entrar. Una vez dentro, utiliza el comunicador para llamar por la muerte de un drogadicto.

Los uniformados y los forenses salen, toman fotos y recogen pruebas de la habitación, pero no van a ningún otro lugar del apartamento. Caso abierto y cerrado.

Simple.

Corey, por su parte, lucha por mantener la calma. En realidad, Nate le caía bien, y las risitas de condolencia de sus compañeros aumentan su sentimiento de culpa por el encubrimiento.

CAPÍTULO SEIS

Charlotte, Carolina del Norte

Dorine entra en su estudio, deja el correo en la encimera y pone las llaves en el cuenco que hay junto a la puerta. Se quita los zapatos, va a la cocina y se prepara un vaso de agua. Mientras bebe, un destello le llama la atención. Frunciendo las cejas, se acerca a la pila de correo y la extiende. En el centro de la pila hay un sobre dorado, delgado y brillante, con su dirección en letra de imprenta, pero sin remitente. Al abrirlo, saca una sola hoja de cartulina gruesa con escamas doradas y estampada en negro. Las palabras están escritas en negrita:

¡Enhorabuena al afortunado ganador de esta invitación dorada!

- Póngase un disfraz de su elección. Uno que no pueda mostrar ninguna parte de su verdadera identidad.
- Cree un personaje en torno a ese disfraz. Uno a prueba de tontos que nadie pueda adivinar si le conoce.

- Manténgase en el personaje, sin revelar nada de su verdadero yo, o perderá sus derechos en el juego y será enviado a casa.
- No hay sustituciones. Si no viene con una identificación válida para acreditarse en la puerta, pierde el derecho.
- Debe llevar la invitación con usted, o pierde.

Cuando reciba la invitación, no se lo diga a la prensa ni a nadie.

Se adjuntan los detalles específicos para su transporte nocturno.

Dorine se encoge de hombros y le da la vuelta a la tarjeta para ver el dorso dorado y abollado. Al voltearla, sonríe. Toma su teléfono, envía un mensaje de texto a Marci con las buenas noticias y, con su ayuda, se pone a pensar en el mejor disfraz.

Santa Fe, Nuevo México

Brenda se sienta frente a sus pantallas, pulsando su mando, y se abre paso a tiros en Halo.

Un tintineo llega desde el otro lado de la habitación, golpeando su única oreja sin el altavoz de los auriculares contra ella.

Como no quiere apartar los ojos del juego, lo ignora hasta que un montón de sobres empiezan a caer al suelo, al pie de la puerta principal. Poniendo los ojos en blanco, Brenda interrumpe el juego, golpeando los auriculares contra su asiento, y se acerca a la pila de correo dispersa. Al revisar la pila, extrañamente grande, un sobre dorado le llama la atención. Con los ojos abiertos, su corazón se acelera cuando lo abre, saca la hoja de papel y lee las palabras y las instrucciones. Se queda quieta, con la mirada fija en el vacío que hay entre ella y el resto de la habitación, y luego abandona el juego por las sugerencias de disfraces de Google.

———

Breaux Bridge, Luisiana

Hugh rueda desde el sofá hasta la alfombra manchada que hay debajo. Las botellas de cerveza chocan entre sí cuando las golpea, haciendo lo posible por levantarse.

Frotándose la palma de la mano sobre los ojos, murmura para sí mismo:

—Apuesto a que, si no hubiera perdido el último torneo, ahora estaría bebiendo MaiTais en México en lugar de cerveza rancia en este vertedero—. Se ríe, dejando que se convierta en una risa triste mientras se pasa la misma mano por la cara. —.Ugh, Hugh, ¿qué has dejado que te pase?— Resoplando, se obliga a levantarse, arrastrando los pies por la alfombra, y se pone unos pantalones.

Después de unos minutos de despertarse, Hugh baja las escaleras hasta su buzón. Al girar la llave, lo abre con una sola entrega.

Un sobre dorado.

Con el corazón acelerado, mira a su alrededor antes de sacar la hoja y la lee por encima, gruñendo, y gime.

—¿De verdad tengo que llevar un disfraz?— Resoplando, asiente. —Son cien mil dólares, Hugh, puedes disfrazarte por una noche. Tal vez haya una chica sexy allí también—. Sonriendo para sí mismo, golpea la carta contra su mano y corre hacia arriba para vestirse.

Si se va a disfrazar, tiene que encontrar un buen disfraz, y el único lugar con ordenadores gratuitos es la biblioteca.

———

Laredo, Texas

Jeb devora una enorme hamburguesa, cuyos trozos caen sobre su plato.

Kik entra en la habitación, dando una palmada en la mesa junto a Jeb, y luce una enorme sonrisa.

Jeb deja de comer a mitad de camino y arquea una ceja.

Kik retira su mano, revelando la invitación.

—¡Lo has conseguido, hombre! Lo has conseguido —. Todavía sonriendo, golpea el dorso de su mano contra el hombro de Jeb.

Jeb deja su hamburguesa, recoge la carta y la lee por encima con una mueca.

—Dice que tengo que disfrazarme y crear una identidad falsa—. Sacudiendo la cabeza, la devuelve. —Eso no estaba en la primera descripción, y yo no me disfrazo —. Sacudiendo de nuevo la cabeza, toma su hamburguesa y le da un gran bocado.

Kik pone los ojos en blanco y deja la invitación sobre la mesa.

—Colega, piensa en el dinero. Puedes aguantar esa mierda por una noche—. Levanta un dedo, inclinándose hacia él, y lo agita.

Jeb mantiene el contacto visual con él durante varios segundos inamovibles y luego resopla, poniendo los ojos en blanco.

—¡Bien!— Traga saliva. —Pero hazlo bien; si voy a hacer esta mierda, no puede ser a medias—. Se encoge de hombros con Kik. —Ahora déjame terminar mi almuerzo—. Se inclina y mastica con la boca abierta hasta que Kik se va sonriendo.

———

Miami, Florida

Al entrar en el trabajo, Miku se detiene en el buzón del primer piso. Deja su maletín, abre la pequeña puerta y saca la gruesa pila.

Allí, entre el estrecho blanco, está el sobre ancho y dorado.

Miku mira a su alrededor, mordiéndose el labio inferior, y saca la carta deslizándola. Sus ojos se abren de par en par al leerla. Vuelve a mirar a su alrededor, abre su maletín y la mete dentro.

Esa misma noche, una vez en casa, Paulina recibe a Miku en la puerta con una enorme sonrisa en la cara.

—¡Nunca adivinarás lo que he recibido hoy en el correo!— Se lleva las manos a la espalda, balanceándose de emoción.

Miku sonríe.

—Si es algo parecido a lo que recibí en el trabajo, entonces podría saber exactamente lo que tienes—. Abre su maletín. — Mostremos a la de tres—. Ve a Paulina asentir. —Uno, dos, tres—. Arranca la carta del maletín y deja caer el pesado cuero al suelo.

Ambas mujeres sostienen cartas idénticas.

Paulina suelta un chillido y, con la misma rapidez, se recompone.

Miku sonríe, con el tintineo de los zapatos al acercarse a ella, y le da un picotazo en los labios a Paulina.

—Parece que vamos a necesitar disfraces y personajes—. Arqueando una ceja, le da otro picotazo.

———

Newport, Rhode Island

Merrien se aleja en su cinta de correr sobredimensionada y excesivamente electrónica, observando la pantalla gigante a la que está enviando por Bluetooth al otro lado de la habitación. La vista de la montaña la hace correr por un sendero como relajación de su entrenamiento.

El timbre de la puerta suena.

Merrien respira profundamente y grita:

—¡Brunhilda! Abre la puerta, ¿quieres?—. Espera una respuesta.

Nada.

Gruñendo para sí misma, Merrien grita más fuerte:

—¡Brunhilda!— Gruñendo por la falta de respuesta, corta la máquina, toma una toalla y se dirige a la puerta principal con sus pantalones de yoga ajustados y su camiseta.

En la puerta, un cartero espera con un paquete y sobres en la mano.

Merrien abre la puerta un poco, arqueando una ceja al hombre, luego se da cuenta de lo lindo que es y abre la puerta del todo.

—¿Puedo ayudarle?— Le dedica su mejor sonrisa, observando su físico tonificado y tenso sin pudor.

El cartero se aclara la garganta y le echa una rápida mirada.

—Tengo un paquete para que lo firme—. Le entrega el ladrillo de una tableta de firma electrónica con una rápida sonrisa.

Durante todo el tiempo que firma, Merrien no rompe el contacto visual ni deja de sonreír.

—Gracias—. Se lame los labios y deja escapar un suspiro.

El cartero se ríe, agarra la tableta y lo cambia por su correo.

—Que tenga un buen día, señora—. Asintiendo una vez, se vuelve hacia su camión.

Merrien mira su culo apretado mientras se aleja.

—¡Tú también!— Alejándose de la puerta, la cierra de una patada y hojea el correo.

A la cuarta vez que agarra y mete, el sobre dorado la detiene en seco.

Merrien la rompe, sacando la carta de ella, y la lee por encima. Con los ojos abiertos, una sonrisa traviesa se dibuja en su rostro.

———

Ciudad de Nueva York, Nueva York

Tyler se sienta en su mesa de comedor-espacio de trabajo y se golpea la cabeza contra la madera con los dedos enlazados sobre su cuello.

—Necesito una distracción—. Levantándose, serpentea por la cocina, luego por el salón, y después decide bajar las escaleras.

Mientras está en el vestíbulo del edificio de apartamentos, los transeúntes llaman la atención de Tyler sobre los buzones que hay al otro lado del camino. No estaría de más comprobarlo. Sin embargo, no hay manera de que gane. Desbloqueando su buzón, abre la puertecita y se detiene en seco.

Dentro hay un sobre dorado brillante.

Tyler sacude la cabeza, exhalando sus palabras.

—No puede ser —. Metiendo la mano en el interior, saca el sobre, lo abre y desliza la carta. —Esto no puede estar pasando—. El corazón le late en los oídos y se le seca la boca mientras suelta una risita estridente para sí mismo. —¿Qué?— Leyendo por encima, se limpia la boca, poniendo los ojos en blanco. —Supongo que tengo que conseguir un disfraz, pero ¿qué podría ser?— Resoplando, se mete la carta debajo de la camisa, sube corriendo las escaleras y busca cómo maquillarse en Halloween para tontos.

———

Aspen, Colorado

Blake abre la puerta de su apartamento de una patada, después de llegar a casa desde Italia. Al dejar caer su equipaje cerca de la puerta, resbala y se agarra al marco.

Los sobres se deslizan bajo su pie por las baldosas.

Poniendo los ojos en blanco, Blake refunfuña en voz baja:

—Malditos carteros, ¿no pueden usar mi buzón como los transportistas normales?— Refunfuñando, recoge el correo, deteniéndose en uno en particular.

El sobre dorado brilla en la luz amarilla de su pasillo.

Blake se lleva el sobre a la cara, lo mira por encima, pero no tiene remitente. Entonces, lo abre con un abrecartas y saca la cartulina de su interior.

Al leerlo, Blake se ríe.

—Esto será pan comido. Los personajes son mi especialidad—. Y riéndose aún más, deja la carta en el suelo y se dirige a su armario.

———

Redondo Beach, California

Corey se mueve por el apartamento en silencio. El recuerdo de Nathan muerto en su cama lo persigue. No ha dormido bien. Al salir para el trabajo, se detiene en el buzón por si acaso alguien no ha recibido la noticia de la muerte de Nathan. Al abrir la puerta, se queda mirando la única pieza de correo. Saca del buzón el sobre con el nombre de Nathan, le da la vuelta, despega la solapa y saca la carta. Al leerla, se muerde el labio inferior, luchando contra el dolor y la culpa. Se detiene un momento y golpea la carta y el sobre contra su mano.

Nate le diría que fuera. Le diría que es una gran oportunidad para él.

Si Nate siguiera aquí, Corey iría sólo para conseguir el dinero que le ayudara a desintoxicarse definitivamente, pero esa quimera ya no existe. Ahora el dinero sería un comienzo más limpio y fresco en otro lugar. Quizá en algún lugar de una ciudad más tranquila y pequeña.

Corey mete la carta en la chaqueta de su uniforme, se sube a su coche y se detiene en su propio apartado postal. Al abrirlo, no encuentra más que billetes y anuncios. Se le revuelve el estómago, pero se traga el sentimiento de culpa, toma la carta y se pone a planear un disfraz a prueba de tontos, como dice la carta.

CAPÍTULO SIETE

En medio de la nada, Mississippi:

Una fila de limusinas negras se dirige hacia lo que parece ser una casa bastante grande con vallas de alambre de espino, un camino de grava y un montón de pastos. Todas las limusinas se detienen en fila india a lo largo de las escaleras que conducen al porche de hormigón de una gran casa blanca de tres plantas que parece una plantación. Varios arcos se alzan frente a gigantescas ventanas y una enorme puerta doble negra.

Las luces parpadean desde el interior.

Los dos balcones superiores, con sus arcos a juego, guardan más ventanas.

Más destellos.

Un grito suena desde el interior.

Cada conductor sale de su limusina, situándose en la puerta de su pasaje de uno en uno.

De la primera limusina sobresale un tacón de aguja metálico de color rosa intenso y una pierna bronceada. El tacón se clava en la grava, haciéndola crujir. Al salir del asiento trasero, su minifalda a juego resplandece en ondas sobre sus curvas mientras la tela ajustada se aferra a un cuarto de sus caderas. De pie, se levanta el top blanco, haciendo rebotar sus pechos de talla D tras el gran atuendo rosa de Barbie, y se ríe mientras se maravilla con la casa.

La conductora cierra su puerta con un fuerte clic.

Saltando un poco, Barbie se lleva los dedos temblorosos a su pelo rubio excesivamente alborotado, y le dedica una sonrisa de color rosa intenso.

—Lo siento, no doy mucho miedo—. Dejando escapar una carcajada, se vuelve hacia la casa y murmura:

—No podría haber elegido una casa más palurda para follar—. Tirando de su chaqueta de motorista rosa por los hombros, cada uno de sus pasos tiembla y se tambalea mientras avanza hacia el porche.

De la segunda limusina sale un zapato de vestir negro que se clava en la grava, moviéndose de un lado a otro mientras el resto le sigue. De pie, se ajusta el moño, enderezando la solapa del esmoquin, y mira a su alrededor.

Barbie deja escapar un gemido, sonriendo a su manera.

—Te ves sexy, Sr. Esqueleto—. Lo mira de arriba abajo, lamiéndose el borde del labio superior.

El Sr. Esqueleto sonríe bajo su espeso maquillaje blanco y negro y arquea una ceja hacia ella.

—Te ves bastante deliciosa, Barbie—. Inclinándose un poco, sus ojos recorren sus piernas tonificadas, su culo tenso, su estómago y sus pechos expuestos, bronceados y tonificados, hasta sus hombros desnudos y bronceados.

Barbie se muerde la lengua, soltando una risita rápida, y luego mira la siguiente limusina, llamando su atención allí también.

Desde la tercera limusina se extiende un tacón de gatito de color verde intenso unido a una pierna cubierta de verde brillante que se dirige hacia un frondoso traje. El traje se curva y se ciñe a un corpiño bastante curvilíneo. El pelo rojo cae sobre los pálidos hombros, mezclándose con las lianas que rodean los esbeltos brazos hasta las uñas verdes. Una máscara de enredaderas rodea los ojos de color naranja y rosa y se adentra en su pelo.

El Sr. Esqueleto deja escapar un silbido.

—¡Maldita sea, Ivy!— Se gira un poco, asintiendo a Barbie. — Creo que tienes competencia—. Riéndose, le guiña un ojo, volviéndose hacia ella, pasándose una mano por el espeso pelo oscuro.

Ivy ofrece una risita, extendiendo las manos, y le da una gran sonrisa de labios rojos.

—Gracias, pero ya tengo una cita—. Se da la vuelta y extiende una mano.

Una mano enguantada de negro rodea la suya, y un trozo más corto de curvas emerge en una bonita envoltura de cuero negro brillante desde el cuello hasta los dedos de los pies. Sus tacones se clavan en la grava. La cremallera plateada brillante se abre hasta la mitad de su estómago. Llevando una mano a su máscara negra, se ajusta las orejas de gato, revolviendo su pelo negro.

El Sr. Esqueleto silba.

—Siempre supe que había algo entre Ivy y Selina. Mmm, mmm, mmmm...— Sacudiendo la cabeza, se vuelve hacia Barbie.

Barbie desplaza su peso sobre las rocas, haciéndolas crujir, y se mira las uñas.

Selina deja caer su látigo, lanzando sus garras hacia él con un siseo juguetón.

—Y no se le ocurra hacer un trío, señor...— Se aleja del coche y hace girar su mano en el aire.

El Sr. Esqueleto gira bruscamente sobre sus talones, señalando detrás de él.

—Oh, la otra encantadora dama me ha llamado Sr. Esqueleto, y me gusta mucho—. Volviéndose, sonríe y se lleva una mano al pecho.

En ese momento, la cuarta puerta de la limusina se abre y una enorme bota negra se abalanza sobre la grava, empujando las rocas hacia un lado. Una gran mano roja se agarra al borde superior de la puerta, con fuerza, y la limusina cruje al desplazar su peso. La siguiente parte en emerger es el pelo negro engominado, los cuernos rojos rotos y limados, y un cigarro encendido que sobresale de una sonrisa roja. Dando unos pasos hacia delante, lanza un gigantesco puño de roca contra el hombro del conductor con un gruñido y se ajusta su gabardina caqui.

Los ojos de Barbie se abren de par en par y chilla mordiéndose el labio inferior.

Selina lanza su látigo contra su pie, dejándolo crujir fuertemente, y todos saltan.

—Buena elección, Rojo, pero DC es mejor—. Sonriendo, le guiña un ojo, enrollando su látigo, y se lo pone en la cadera.

Rojo se ríe, sacando el cigarro de sus dientes.

—Gracias, cariño, pero al igual que mis editores, prefiero las sorpresas. —Avanzando hacia ellos, la cola patina y rebota sobre las rocas, haciéndolas rodar.

Todos ríen y se ríen hasta que se abre la siguiente puerta y todos se vuelven hacia el coche.

Un brillante zapato de vestir rojo golpea las rocas con el otro cerca. Saliendo del coche, un ligero borrón de amarillo, rojo y blanco se arremolina hacia delante en un pequeño vals hasta que todo se detiene, señalando con un dedo a Ivy. De pie, pasa una mano blanca por el largo y espeso pelo rojo, y le dedica una sonrisa a través del maquillaje rojo emborronado. Guiñando un ojo a través de la sombra de ojos negra manchada, extiende una mano y se inclina hacia ella. Su manga a rayas rojas y blancas se levanta un poco por los brazos, dejando ver la culata de un cuchillo.

Todos retroceden unos pasos, dejando escapar gritos ahogados.

Rojo se pone de pie, sacando su gran pecho, y le señala con un dedo de roca.

—Oye, McJoker, déjate de tonterías, imbécil asqueroso—. Dando un paso hacia él, cierra los puños, mirándole con desprecio.

McJoker se pone de pie, inclinándose un poco hacia atrás, y extiende las manos a ambos lados mientras deja escapar una risa estridente.

—Me encantaría, grandote, pero verás, la cosa es… — Hace una pausa, fijándose en cada uno de ellos durante una fracción de segundo. —¡Simplemente no quiero!— Entrando en otro baile, da saltos y suelta risas chillonas.

Rojo da unos pasos más, agarra el cuello de McJoker y lo levanta en el aire mientras Barbie suelta un chillido.

—Estás asustando a las damas, amigo. Déjalo ya, joder—. Guiñando un ojo, lo deja caer a la grava.

McJoker tose, ahogando una risa, y se pone en pie.

—Bien, sólo estaba siguiendo las reglas—. Pasando la punta de la lengua por el borde de los dientes, se alisa el pelo hacia atrás y se ajusta el chaleco amarillo.

Selina sonríe, riéndose.

—Muy bien, Rojo—. Riéndose aún más, los conduce hacia Barbie.

La puerta del siguiente coche se abre y todos se giran.

Un par de botas de color canela sobresalen, un par de manos se agarran al borde superior del marco de la puerta, y un tipo de piel oscura se balancea, aterrizando con fuerza en la grava. Sus pantalones cortos de color caqui se ciñen a los muslos, el culo y la entrepierna se levantan al caminar. Agarrando el cuello de su chaqueta marrón oscuro de policía estatal, lo lanza hacia delante, dejando que sus dedos se abran en abanico.

Las chicas se ríen, sonriendo, y los chicos gimen mientras ponen los ojos en blanco y sacuden la cabeza.

Ajustando sus gafas de sol de aviador, se acaricia el bigote negro y luego mira a Barbie.

—Bueno, hola, señora muñeca—. Le muestra una sonrisa blanca y brillante y le lanza un beso.

Barbie sonríe.

—Lo siento, cariño, no me gustan los chicos que están más guapos en calzoncillos que yo—. Riendo, cambia su peso con las manos en las caderas. —.Y creo que así es como te llamaré. Sr. Calzoncillos—. Asintiendo un par de veces, se acaricia el pelo y se pasa la lengua por la boca.

El Sr. Calzoncillos pone las manos en las caderas, moviendo mucho su peso.

—Bueno, señora, me han llamado cosas mucho peores—. Dejando escapar una risa exagerada, se dirige a los demás.

La siguiente puerta se abre, llamando la atención de todos.

Sale una pequeña cyborg de color plateado brillante, con picos que sobresalen de cada curva, pelo corto y rubio en dos coletas cortas y onduladas, y una máscara plateada que detendría el corazón de cualquier hombre. Al acercarse a ellos, los engranajes de sus articulaciones se mueven como si estuvieran hechos de piezas mecánicas.

McJoker golpea el dorso de su mano contra el pecho de Rojo, clavando sus ojos en él, y se dirige a ella.

—Bueno, bueno, bueno… Qué tenemos aquí. Una pequeña y agradable Robodolly—. Se acerca a ella, riéndose, y le pasa el dorso de los dedos por la mejilla.

Echando el puño hacia atrás, Robodolly le da un puñetazo en la tripa, ladeando la cabeza mientras cae al suelo, y sonríe, hablando con voz alterada.

—En tus sueños, hombre de la cajita feliz—. Pasando por encima de él, que estaba hecho una bola, se dirige a los demás.

McJoker echa la cabeza hacia atrás, con el pelo rojo alborotado, y se ríe.

—Oh, cariño, casi tan buena como mi pequeña Harley en casa—. Riendo más fuerte, se pone de pie.

Se abre la puerta de otro coche.

Sale con zapatos de vestir negros descoloridos, pantalones de vestir de lana grises, chaleco de cuadros marrones y una camisa azul abotonada con las mangas remangadas. Se inclina un sombrero de golf de lana gris, ajustando su pistola y sus fundas, y se afloja un poco la corbata negra.

Todo el mundo se queda mirando.

Acariciando su fina barba negra, mira a todos y asiente.

—Buenas noches, señores, señoras—. Agarrando el ala de su sombrero, lo inclina hacia cada dama. —Así que, ¿cuál es el alboroto, amigos?— Extendiendo las manos, da unos pasos hacia ellos.

Ivy se ríe, mirándolo de arriba a abajo.

—¿Qué eres, una especie de policía?— Cruzando los brazos, sonríe con una risita.

El Sr. Esqueleto se ríe, asintiendo.

—Sí, es… Casablanca—. Riéndose de nuevo, le da una palmadita en el hombro a Casablanca. —¿Esa pistola es de verdad?— Fijando la vista en él, toma el silencio como un no y lo conduce hacia la casa.

Casablanca lo sigue, mirando a Barbie un poco más de la cuenta.

Barbie se muerde el labio inferior y le devuelve la mirada durante el mismo tiempo, si no más.

La siguiente limusina se abre.

Una mujer de piel clara y cubierta de mugre se desliza hacia ellos con sus botas de color canela que hacen ruido en la grava. Se quita una larga trenza negra del hombro y se pone las manos sin guantes en las caderas, rascando con las uñas el cinturón de cuero que lleva en las trabillas de sus ajustados pantalones cortos de color verde militar. Las correas de las armas presionan sus muslos en movimiento. Rascándose la clavícula, sus dedos recorren el sucio recipiente gris que hay debajo de las fundas negras vacías de las armas.

Girándose bruscamente, el Sr. Esqueleto se mueve

entre Rojo y McJoker, poniendo sus brazos alrededor de sus hombros.

—Maldita sea, si una chica caliente más sale de una limusina, puede que tenga que tirar una moneda para decidir con quién lo hago primero. Pero tengo que decir que la Sra. Croft tiene posibilidades de ser la primera. ¿O la querría de última?— Sonriendo con los labios, se ríe con los dos, acariciando sus hombros.

Lara sonríe, las manchas negras se extienden, y se acerca a él, agarrando su barbilla, y aprieta con fuerza.

—Si tu polla se acerca a mí, llegarás a echarla de menos antes de que puedas darme un beso de despedida—. Acariciando su mejilla, le da un beso y se marcha hacia Ivy y Selina.

El Sr. Esqueleto gruñe, escupiendo al suelo, y se quita el traje.

—Perra—. Pasando la lengua por la boca, se aleja de ella.

La última puerta de la limusina se abre y todos se quedan quietos y callados.

Una bota negra hasta la rodilla sale y golpea las rocas. Sale una figura alta y bronceada con pantalones de rayas marrones y rojas y una camisa blanca con volantes. Pelo largo y negro bajo un pañuelo rojo atado a la cabeza. Un sombrero negro de ala ancha con calavera y huesos cruzados se asienta sobre todo ello, haciendo sombra a un parche de cuero negro. Con el ojo bueno manchado de negro, los mira antes de darse la vuelta con una mano extendida.

Una mano delgada y pálida se desliza entre las suyas, agarrándolas con fuerza, y un par de piernas pálidas salen por la puerta. Los pies descalzos golpean la grava. Las escamas azules y los huesos blancos brillan a través de los trozos de piel que le faltan en las piernas y que desembocan en una falda de red. Las conchas marinas cuelgan de la red, rodeando sus caderas, y dos grandes conchas cubren sus grandes y pálidos pechos.

Las branquias sobresalen de su cuello, con más escamas y huesos brillando a través de sus hombros y brazos. Unos penetrantes ojos amarillos se dirigen hacia todos, y ella les sonríe con unos brillantes colmillos blancos.

Barbie se queda con la boca abierta.

—Vale, la Sirenita y su Pirata Eric son los mejores disfraces hasta ahora—. Haciendo un corte en el aire con la mano, se burla, negando con la cabeza.

La Sirenita se ríe.

—Eres un encanto, Barbie, pero desde mi punto de vista, todos tenemos un aspecto bastante impresionante.

Cuando cada uno de ellos llega al último escalón del porche, un mayordomo animatrónico los recibe, pidiéndoles la identificación y la invitación. Una vez que ponen sus permisos de conducir e invitaciones en su bandeja, los quema hasta convertirlos en cenizas.

Los doce.

Al entrar en la casa, todos miran a su alrededor, maravillados por la asquerosamente impresionante decoración. La luz estroboscópica da a todo lo que les rodea una sensación entrecortada e inconexa, como si cada momento requiriera de tranquilidad. Los sonidos espeluznantes provienen de todas las direcciones. Unas manos animatrónicas se extienden, agarrando diferentes partes de ellos, haciéndoles gritar y saltar a diferentes intervalos.

El Sr. Esqueleto se ríe.

—¿Esto es todo? ¡Esto es muy suave!— Deja escapar una estridente carcajada.

Barbie le golpea el dorso de la mano en el brazo.

—Basta, Esqueleto, ¿no sabes que eso es como decir que no puede ser peor?— Le mira con ojos azules y brillantes. —Nos vas a gafar—. Apretando los dientes, deja escapar un chillido agudo.

El Sr. Esqueleto se ríe, deslizando un brazo alrededor de su cintura.

—Siempre puedes aferrarte a mí, dulce Barbs—. Guiñando un ojo, le pellizca el culo, haciéndola saltar.

Barbie le pone las manos.

Esqueleto finge decoro, levantando un codo, y se ríe.

Al doblar la esquina a su derecha, entran en una sala llena de niebla. En la nube blanca, se pierden de vista por un momento, gritando y lanzando las manos al aire con la esperanza de golpear a alguien. Siguiendo el eco de los pasos, cada uno de ellos encuentra una puerta negra y entra en una especie de comedor.

Setas altas y de gran tamaño. Hojas de hierba enormes. Mariposas gigantescas que cuelgan por encima o se posan en las setas. Una enorme oruga a escala se posa sobre la cabeza de la seta más grande de la habitación. Sus ojos se mueven de un lado a otro, como si observaran todos sus movimientos.

Todo está recubierto de purpurina y pinturas fluorescentes brillantes sobre negro, con grandes luminarias que sostienen focos negros que llenan la sala de un resplandor púrpura azulado. Tomando nota de los cambios de color de sus trajes, dirigen su atención a la sala caprichosamente decorada.

Esqueleto se acerca a la larga mesa de comedor vestida con un grueso mantel blanco, flores sinuosas, tazas de té en abundancia y una vajilla de aspecto caro. Toma una placa con el nombre chapada en oro y se ríe.

Los otros se mueven hacia él.

Volviéndose hacia ellos, Esqueleto la sostiene.

—¿Sirena zombi?— Mira a su alrededor. —Me pregunto quién podría ser—. Arqueando una ceja, corta la mirada a cada uno de ellos y sonríe.

La Sirena se adelanta, tomando la placa con una sonrisa de satisfacción, y la baja de golpe, tomando asiento.

—Parece que tenemos asientos designados—. Se encoge de hombros, entrelazando los dedos, y apoya los codos en la mesa. —Te sugiero que busques el tuyo—.

Lo mira con desprecio y se echa hacia atrás en la silla, cruzando los brazos.

Los demás se ríen y se dispersan, y buscan sus placas de identificación.

Esqueleto se ríe entre dientes, murmurando con una sonrisa:

—Perra arrogante—. Encontrando su placa de identificación, termina por sentarse frente a ella. —¿Quién es el dueño? ¿Y por qué son tan elegantes como para usar tarjetas de identificación doradas?— Levantando su placa de identificación, le guiña un ojo a la Sirena con un rápido beso de labios.

La Sirena pone los ojos en blanco, resoplando, y mira a su derecha, pasándose la lengua por los dientes.

Esqueleto pone los ojos en blanco y se adelanta.

—Hasta las copas tienen tarjetas—. Toma una. — ¿«Bébeme»?—Se ríe a carcajadas, poniendo la tarjeta de nuevo en la mesa.

Lara mira a su alrededor, sosteniendo su placa de identificación entre un par de dedos.

—Lo que quiero saber es cómo sabían cómo nos íbamos a llamar—. Mira a Selina y a Rojo. —Nunca he rellenado un cuestionario de personaje—. Se encoge de hombros y deja la placa con su nombre.

Los ojos de los demás se abren de par en par. Asienten con la cabeza y los murmullos se extienden por la mesa.

Barbie se encoge de hombros, golpeando las uñas rosas en su barbilla.

—La verdad es que es bastante espeluznante—. Haciendo una mueca, se echa hacia atrás en su asiento, cruzando los brazos, y se baja un poco la camiseta.

Los chicos se mueven en sus asientos, mirándola, y sonríen para sí mismos.

Todos menos Casablanca, que se frota la boca con las yemas de los dedos, mirando alrededor de la habitación.

En ese momento, un crujido y un chillido llegan desde muy lejos.

Barbie suelta un chillido, buscando en la habitación, y los demás saltan, echándose hacia atrás en sus asientos.

Casablanca se agarra a la mesa, buscando en el neón una señal de salida.

Un cuadrado negro desciende en la cabecera de la mesa, pasando a una estática de ruido blanco, y luego aparece en la pantalla una versión simulada de la marioneta de Saw.

Todos dejan escapar risas suspirantes, se relajan un poco y se ponen frente al televisor.

Casablanca se suelta del borde de la mesa, pero sigue preparado para correr.

La pequeña marioneta abre y cierra la boca, dejando salir una voz obviamente enmascarada y deformada.

—Buenas noches—. Hace una pausa, girando la cabeza de un lado a otro, como si los estuviera mirando. —Esta noche es un evento especial. Ustedes doce han sido especialmente seleccionados para participar en la primera compettición nocturna de la Mansión Sykes. Las reglas son simples. Permanezcan en sus personajes sin desviarse. Permanezcan dentro de la casa o perderán el derecho. Y quien vea la luz del sol de mañana, gana. Disfruten de su última cena y postre—. Hace una pausa, mirándolos una vez más. —Buena suerte—. Dejando escapar una risa maníaca y aguda, se sacude un poco, y entonces la televisión se corta, ascendiendo de nuevo al techo.

Todos se vuelven hacia los demás, con los ojos muy abiertos, las cejas levantadas y la boca abierta.

Barbie e Ivy se revuelven en sus asientos como si no pudieran volver a ponerse cómodas.

Rojo golpea las manos sobre la mesa, haciendo que todo se agite, tintinee y suene.

—Bueno, la marioneta de la televisión dijo que

íbamos a comer, y me muero de hambre—. Mira a su alrededor, estirando el cuello. —¿Dónde está la comida?— Resoplando un poco, expulsa el humo por la nariz.

En ese momento, un chasquido, un estallido y un zumbido llenan la sala. Desde un rincón, una cortina negra se abre y una fila de bandejas para servir se abre paso por un carril hacia ellos. La plata brilla en color púrpura y azul mientras se dirigen tambaleantes hacia la mesa, deteniéndose entre cada asiento a su izquierda.

Delante de cada juego de platos cubiertos hay una tarjeta con el nombre «Cómeme y disfruta» debajo de sus nombres.

En un silencio lleno de ruido, cada uno de ellos recoge su plato, poniendo las tapas en las bandejas, y los coloca sobre la vajilla.

Rojo mira un cuenco lleno de chili y se ríe.

—Esta gente ha pensado en todo. Maldita sea. Incluso conocían mi comida favorita—. Sonriendo, se zambulle en el plato, metiéndose la cuchara en la boca.

Los demás echan un vistazo a las comidas variadas y específicamente preparadas para cada persona. Al ver a Rojo devorar su chili, todos pinchan su comida hasta que cada uno da el primer mordisco.

Casablanca es el que más duda.

—¿No os parece que esto es un poco raro?— Apoya sus muñecas contra la mesa, recorriendo con la mirada a cada uno de ellos. —Es casi como si supieran exactamente de qué nos íbamos a vestir. ¿Y hacen comida especialmente para nosotros?— Sacude la cabeza, empujando su plato hacia delante. —Me parece un poco sospechoso—. Cruza los brazos y se tiene que ajustar las fundas.

La Sirena se ríe, llevándose el tenedor a la boca.

—Tal vez nos espiaron para aumentar el factor sorpresa—. Sonriendo, mueve las cejas, se lleva el tenedor a la boca con otra risita, y habla con la boca llena. —Oh, vamos. Estoy bromeando—. Tragando, apoya la barbilla en un puño. —¿De verdad crees que se tomarían tantas molestias? Dios—. Frunciendo las cejas, se echa hacia atrás, dando un sorbo al agua de su vaso.

Barbie deja escapar una risita.

—Suena bastante improbable cuando lo dices así—. Sacudiendo la cabeza, se lleva a la boca un delicado bocado de pollo.

Casablanca las mira a ambas, esbozando una débil sonrisa, y se remueve en su asiento.

—Sí, es poco probable—. Se calla y mira su plato de tajín con un pequeño gruñido.

Los demás comen y charlan hasta que sus platos están casi limpios.

Después de varios minutos sin que todos coman, suena un pitido en la sala.

Todos dejan de hablar y vuelven a echar un vistazo al salón.

Un cartel de neón, pintado a mano, brilla en la habitación cerca de otra cortina negra.

Ivy deja salir sus palabras en un suspiro.

—Habitación de chocolate—. Lamiéndose los labios, se vuelve hacia todos. —El postre debe estar servido—. Sonriendo, se encoge de hombros, agarrando la mano de Selina.

Levantándose de sus asientos, todos atraviesan el telón.

CAPÍTULO OCHO

Al correr la cortina, pasan de dos en dos.

El aroma abrumador del azúcar y de los dulces les da la bienvenida.

Las velas brillan, esparcidas por la habitación en grandes grupos que se derriten.

Las luces parpadean.

Los truenos retumban.

Los pájaros graznan, agitando las alas, y se mueven desde las altas ramas negras que los cubren.

Barbie mira hacia arriba, curvando su labio.

—Si me cagan, me voy a cabrear—. Mira al techo y se pasa las manos por la falda y los muslos.

Un cacareo viene de su izquierda, y Barbie salta, poniendo una mano en su pecho. Dejando escapar un suspiro, da una patada a las cabezas de calabaza brillantes que rodean el arco bajo el que se encuentra. Los tallos de trigo se balancean y crujen por la presión y el viento que ella crea.

El Sr. Esqueleto se acerca y le habla en voz baja al oído.

—No te preocupes, Barbs, te mantendré a salvo—. Riendo por la nariz, su aliento le mueve el pelo mientras se inclina para besar su cuello.

Barbie le pone las uñas perfectamente cuidadas en la frente, alejándolo, y se burla.

—Ya quisieras, saco de huesos endeble—. Retirando los dedos, le dedica su sonrisa más sarcástica y avanza.

Selina e Ivy pasan, y Selina palmea el hombro del hombre esqueleto.

Esqueleto gruñe, ajustando sus solapas, y da una palmadita sobre su esmoquin, avanzando hacia el interior.

Todos se maravillan ante la enorme cascada que atraviesa la sala y que desemboca en un amplio río que recorre toda la sala hacia un arco ennegrecido. El chapoteo llena la sala, zumbando sobre el resto de los sonidos que los rodean.

Pequeñas torres de linternas y enredaderas de calabaza se arremolinan en algunos lugares, brillando en amarillo y naranja. Sus enredaderas en el suelo se retuercen sobre el césped muerto.

Los árboles negros, retorcidos y en espiral, les tienden la mano, como si les entregaran deliciosos dulces.

Pequeños arbustos de tallos espinosos negros ofrecen cabezas de flores comestibles de rosas rojas, negras y blancas.

Un grupo de rocas con brillantes sonrisas blancas rodea una torre de linternas con pequeñas magdalenas sentadas en una mesa en el centro.

Piruletas negras, rojas y blancas están repartidas por toda la habitación.

Ivy se acerca a un árbol, arranca un pequeño y plano redondo marrón de la rama, lo muerde y sus ojos se ponen en blanco mientras sus párpados se agitan.

—¡Mmmm, es chocolate!— Se gira bruscamente hacia todos. —Es una tarta de chocolate negro. También tiene un poco de sabor—. Con los ojos muy abiertos, da un bocado tras otro hasta que no es más que fango derretido en las yemas de los dedos que se deslizan entre sus labios rojos.

Todos sonríen, se acercan a los árboles y bajan su propio dulce delicioso.

Masticando un regaliz rojo, Barbie se acerca a los pasteles cerca de las rocas sonrientes y se inclina hacia la mesa.

Uno tras otro, los dientes castañetean, haciendo que las rocas se tambaleen, y todos sueltan carcajadas agudas en un coro de risas espeluznantes.

Barbie salta hacia atrás, poniéndose las uñas en los dientes, y chilla.

—¡Santo cielo!— Retrocediendo unos pasos, se tropieza con Casablanca.

Casablanca extiende las manos, agarrándola por los codos, y le dedica una sonrisa mientras la endereza.

—Está bien, no te van a morder—. Los señala, haciendo girar el dedo. —Mira, tienen un sensor de movimiento—. Cuando la última palabra escapa de sus labios, se detienen, y él agita la mano delante de uno de ellos, haciéndolos arrancar de nuevo.

Barbie suelta una risita, toma una magdalena de la mesa y se la acerca a la cara sonriendo.

—Bueno, mira quién es el detective—. Manteniendo su sonrisa, pasa un dedo por el glaseado, lamiéndolo de su dedo con un ligero gemido.

Los ojos de Casablanca se abren de par en par, y traga saliva, dejando escapar una risa ahogada mientras mira al suelo.

—No ha sido ningún problema—. Se pasa los dedos por los labios y la ve guiñar el ojo y lamer el glaseado directamente de la magdalena.

Barbie sonríe, deslizando su mano sobre el hombro de él mientras se dirige a otro lugar, tirando la magdalena al suelo.

Casablanca se frota la nuca, pasando la punta de su

zapato por la hierba muerta, y se ríe para sí mismo, viéndola alejarse.

Al otro lado del camino, Rojo carga varias extremidades de tartas de chocolate.

Ivy se une a él junto a un árbol, arrancando sus propias tartas, mientras sostiene unas cuantas magdalenas también.

Los dos comen hasta hartarse, riéndose y tropezando.

Los demás se arremolinan, probando algunos dulces, sobre todo mirando el río de aspecto marrón oscuro.

Casablanca pasa por una esquina y una mano le agarra por el hombro, tirando de él hacia atrás, mientras deja escapar un leve grito hasta que una mano le tapa la boca y una risita le llega al oído.

Esqueleto lo observa volver a tropezar con la esquina. Mirando a su alrededor, y sin que nadie lo vea, se acerca a ellos, manteniendo la distancia, y mastica un regaliz rojo.

Al darse la vuelta, Casablanca se encuentra cara a cara con una Barbie sonriente. Riendo, ella lo arrastra hasta la esquina, rodeando su cuello con los brazos, y le planta un fuerte beso en los labios. Levantando las cejas con un leve gruñido, la lleva de vuelta a la pared, pasando las manos por su espalda.

Barbie deja escapar una ligera risita al chocar con la pared y mueve los dedos por encima de su barba hasta su pecho, agarrando las correas de la funda, y lo acerca a ella.

Esqueleto se sitúa detrás de un tabique, asomándose por un agujero, y los observa.

Casablanca se aprieta contra su cuerpo, besando a lo largo de su mandíbula y cuello, y desliza sus dedos bajo el borde de su camiseta de tubo.

Sin sujetador.

Al otro lado de la sala, Ivy y Selina intercambian dedos de crema batida y merengue.

Selina mira a todos los que están preocupados por sus dulces. Colocando sus manos sobre los hombros de Ivy, la hace retroceder hacia otro rincón.

Ivy abre la boca para protestar, pero antes de que se le escape una palabra, los labios de Selina están sobre los suyos. Dejando escapar un pequeño chillido, se inclina hacia ella, deslizando sus dedos por la espalda de Selina, y le agarra el culo, poniéndola de puntillas.

Selina se ríe, se quita los guantes y masajea el pecho de Ivy. Deslizando la otra mano entre sus piernas, mueve algunos dedos de un lado a otro bajo el cierre del traje de baño. Sonríe ante los ligeros gemidos de Ivy y presiona con un dedo más allá de las medias sin entrepierna y dentro de ella, lamiendo su cuello.

Ivy deja escapar un fuerte gemido, mordiéndose el labio inferior en un intento de tranquilizarse a pesar del estruendoso ruido de fondo de las salpicaduras. Tirando de la cremallera de Selina, aparta el traje y se masajea los pechos. Tirando de la cremallera hasta el final, mira a su alrededor en busca de espías. Como todos están preocupados con sus dulces, le da la vuelta, tomando adornos de una columna corta, y coloca a Selina sobre ella.

En el centro de la sala, Calzoncillos camina hacia el borde de la orilla, asomándose al río.

—¡Oíd, chicos!— Se vuelve hacia los concursantes restantes. —¿Alguno de vosotros ve algo raro en este río?— Poniendo una mano en la cadera, señala con el pulgar por encima del hombro hacia el agitado líquido oscuro.

Los demás miran hacia él, pero se quedan dónde están.

Calzoncillos se vuelve hacia el río, murmurando para sí mismo.

—Qué raro. ¿Es chocolate? ¿Vino? Está muy oscuro,

joder—. Se agacha, pero Rojo le pasa por delante, riéndose demasiado para un tipo de su tamaño.

De vuelta al otro lado de la habitación, Casablanca tiene la camiseta de Barbie bajada y la falda alrededor de la cintura. Sus pantalones cuelgan alrededor de sus muslos, y él sostiene una de sus piernas, empujando y gruñendo.

Barbie lucha contra el impulso de soltar fuertes gemidos, respirando agudamente, y deja la boca abierta. Mordiéndose el labio inferior, deja escapar un ligero gemido. Agarrándose al pelo, le empuja la cabeza hacia abajo.

Esqueleto se acaricia a sí mismo, sin perder de vista a los demás mientras observa a los dos, y da un mordisco a su regaliz.

Soltando un gruñido obligado, Casablanca le pone las piernas sobre sus hombros, levantándola, y la lame hasta que ella suelta un chillido y sus muslos se aprietan contra su cabeza. Inclinándose hacia atrás, la retira de sus hombros, dándole la vuelta. Abriendo sus piernas, se frota sobre ella un segundo antes de volver a penetrarla.

Barbie reprime un gemido, agarrándose a la pared que tiene delante.

Esqueleto observa cómo sus pechos se presionan contra la negrura de la pared, la piel bronceada y el rosa intenso la hacen destacar, y acaricia con más fuerza, dando otro mordisco a su regaliz rojo.

En medio de la sala, Rojo se tambalea más.

Los demás lo observan, arqueando las cejas, y sacuden la cabeza.

Rojo se acerca al borde de la orilla, y Calzoncillos lo agarra por los hombros, poniéndolo lo más recto posible.

—¿Qué está pasando aquí, amigo? ¿Estás bien?— Busca en su rostro, dando unos pasos hacia adelante, y hace lo posible por alejar a Rojo de la orilla.

Los demás se mueven en su camino, murmurando para sí mismos.

Al otro lado de la habitación, la lengua de Ivy se mueve sobre Selina, metiendo y sacando, y rueda sobre su clítoris con frenesí.

Selina gime, tapándose la boca, y se agarra a la columna, clavando las uñas en ella. Levantando la barbilla de Ivy, sonríe, cambiando de posición, y hace que Ivy se siente. Desabrochando su traje, Selina la recorre lentamente, pasando la lengua por su clítoris.

Ivy deja escapar un gemido corto y bajo, observando cada uno de sus movimientos, con la cabeza iluminada.

Llevando la mano a la pinza de la cadera, Selina la desabrocha, dejando caer su látigo. Dando la vuelta, le entrega la empuñadura a Ivy.

Sonriendo, Ivy asiente, lamiéndose los labios, y agarra la mano de Selina por encima de la empuñadura mientras sigue lamiendo sobre su clítoris. Levantando el mango del látigo, lo presiona contra sus labios rojos, frotando sobre ellos.

Selina empuja más fuerte, e Ivy abre la boca, sacando la lengua, y la pasa por la silicona negra hasta que está tan mojada como ella.

Bajando la empuñadura, Selina la frota sobre Ivy, haciéndola rodar a lo largo del clítoris, y luego la empuja dentro de ella.

Entrando y saliendo.

Entrando y saliendo.

Entrando y saliendo, ganando en velocidad y potencia.

La lengua le acaricia el clítoris una y otra vez.

Ivy se estremece, reprimiendo un gemido a medio camino, y arquea la espalda, agarrando la columna con tanta fuerza que una de sus uñas verdes falsas salta. Al sacudirse un poco más, suelta un breve grito, tensando todo su cuerpo, y un chorro de color blanco surge de ella, cubriendo los labios y la barbilla de Selina.

Selina deja escapar duras carcajadas, mientras la sigue lamiendo.

Ivy se sacude un par de veces más, relajándose en el pilar, y su cabeza se agita.

Rojo le quita las manos a Calzoncillos de los hombros, tropezando unos pasos, y arrastrando las palabras.

—No te preocupes por mí, yo no voy a hacer nada—. Volviendo a reírse, da unos pasos hacia el río.

Lara y el pirata Eric se agarran a sus hombros desde atrás, haciendo lo posible por mantenerlo en la orilla.

McJoker se une a ellos, empujando contra su pecho con Calzoncillos.

De vuelta en la otra esquina, Casablanca masajea el pecho de Barbie, dando una última y profunda caricia antes de gruñir mientras da unas cuantas sacudidas, y Barbie deja escapar un fuerte gemido.

El Sr. Esqueleto se suelta sobre una cortina negra cercana, limpiándose con ella, y da el último mordisco a su regaliz rojo, caminando hacia los demás mientras se acomoda.

Saliendo de detrás de la mampara, Barbie se ajusta la falda y el top, intentando alisarse el pelo. Se aclara la garganta, se limpia la boca y echa un vistazo a la habitación.

Casablanca dobla la esquina, con el sombrero en la mano, y se mete la cola de la camisa. Se coloca el sombrero sobre la cabeza y se pasa la mano por la boca, chocando la lengua contra el paladar con una sonrisa. Levantando la vista, se da cuenta de la conmoción que hay en la orilla del río y corre hacia ellos.

Selina e Ivy aparecen poco después, y Selina vuelve a ponerse un guante, mirando a su izquierda.

Ivy se balancea un poco, llevándose los dedos a los labios.

—Creo que no debería haber comido tantas tartas—. Sus mejillas se hinchan y reprime una arcada.

Selina se vuelve hacia ella, poniéndole una mano en

el hombro, y abre la boca para hablar, pero una conmoción se agita con Rojo.

Rojo agita su brazo, empujando a todos a un lado.

—¡Aléjense de mí! ¡Ya sé, voy a nadar!— Con pasos tambaleantes, se dirige hacia el borde.

Casablanca llega hasta ellos, estirando una mano, y agarra el cinturón de la gabardina de Rojo.

Rojo tropieza, su bota resbala por el borde del banco y se da la vuelta.

Casablanca tira del cinturón, levantando el abrigo hacia él, y la hebilla se engancha en la presilla derecha.

Rojo se gira del todo, arrancando el cinturón del agarre de Casablanca, y cae hacia atrás con los brazos extendidos y un leve aullido.

CAPÍTULO NUEVE

Todos gritan y chillan, sacan las manos, se limpian la cara o se tapan la boca.

Casablanca se lleva las manos a la cabeza.

Rojo cae con fuerza al río, rociando a los de la orilla, y se hunde bajo las burbujas y las olas.

Casablanca, Calzoncillos y McJoker se apartan del chorro, pero no pueden escapar, los costados y las espaldas se empapan.

Selina acaricia a Ivy, acariciando su pelo, y ve cómo lucha contra el vómito.

Tapándose la boca, Ivy corre hacia el río y vomita.

Todos los demás observan las burbujas en las que cayó Rojo.

No va a volver a subir.

Casablanca observa las manchas que le quedan en la manga y el antebrazo, y murmura:

—¿Qué es esto?— Girando el brazo, se lo lleva a la nariz. — ¿Es?— Sus ojos se abren de par en par, y cae de manos y rodillas en el borde de la orilla.

Otra ronda de salpicaduras llena la habitación.

Selina grita, dejándose caer en el borde con la mano en el líquido.

—¡No! ¡Paulina!— Tumbada boca abajo, atraviesa con las manos, salpicando y agarrando a Paulina.

Casablanca se vuelve hacia Selina.

—¡Es sangre! Es un maldito río de sangre—. Mirando a los demás, hunde una mano en la sangre, tanteando.

Robodolly se acerca a él, con voz falsa y temblorosa.

—¿Qué quieres decir con que es sangre? ¿Y por qué no sube Rojo?— Señala con un dedo tembloroso hacia la hierba muerta a sus pies.

Casablanca la ignora, haciendo todo lo posible por buscar sus manos en el agitado vino tinto que tiene delante.

Selina continúa con su búsqueda, manchándose de sangre por todas partes.

—¡Paulina! ¡No puedes hacerme esto! No puedes dejarme—. Se acerca más, hundiendo sus manos más profundamente en la roja sustancia viscosa en movimiento.

McJoker se acerca a Selina, buscando en la oscuridad ante él.

Lara y Robodolly se sitúan a su lado, haciendo lo posible por distinguir las ondas o las burbujas.

Calzoncillos, el Pirata Eric y la Sirenita observan junto a Casablanca.

Mientras todos buscan en la sustancia viscosa que fluye, se forman ondas en el centro y Rojo lo atraviesa, enviando sangre por todas partes. Con los ojos cerrados y la boca abierta recubierta de sangre y baba, lanza un jadeo desgarrado, cayendo de nuevo en el oscuro abismo.

Selina grita.

—¡La tengo! Tengo a Paulina—. Consiguiendo ponerse de rodillas, se agarra con fuerza con ambas manos.

La mano de Paulina emerge, pero el agarre de Selina resbala y se desliza sobre su piel saturada. Intenta reajustarse, dejando caer a Paulina unos centímetros.

McJoker se acerca a ella, metiendo la mano en el líquido rojo, y mueve las manos hasta agarrar algo. Tirando hacia arriba, él y Selina consiguen sacar la cabeza de Paulina a la superficie.

Con el pelo pegado a la cara, ella abre la boca para respirar y se atraganta con el pelo ensangrentado.

Casablanca se da la vuelta, buscando un objeto largo y fuerte. Aterrizando en las lianas de las torres de calabazas, se mueve por ellas, tirando de las lianas que están quietas en el suelo. Enrollándolas alrededor de su hombro y codo, corre de nuevo hacia la orilla.

Rojo se agita, agitando los brazos, y lanza sangre en todas direcciones.

Casablanca deja caer la bobina de su mano, desenredando unos metros.

—¡Bien, Rojo! ¡Te estoy lanzando una cuerda! ¡Haz lo posible por agarrarla! Haré todo lo posible para que sea fácil—. Agarrando con fuerza la bobina, la balancea un par de veces antes de lanzarla hacia Rojo.

La liana cae alrededor de los hombros de Rojo, enroscándose en su cuello. Se agita, agarrándose a ella, pero sigue cayendo.

Selina y McJoker tienen dificultades para mantener a Paulina sobre la superficie con la pequeña corriente, su peso y su piel resbaladiza se desliza bajo sus dedos. En un rápido movimiento, sus agarres fallan y ella cae presa de las profundidades en movimiento.

Selina cae hacia delante, hundiendo las manos en el rojo.

—¡No, no, no, NO!— En su estado frenético, deja escapar un sollozo, sin dejar de golpear el agua, y chilla.

McJoker da unos pasos hacia atrás, poniendo las manos ensangrentadas en la parte superior de su cabeza, sacudiéndola, y respira profunda y rápidamente.

Los demás se tapan la boca, viendo cómo se hunden tanto Rojo como Paulina.

Unas cuantas ondas.

Menos burbujas.

Casablanca tira de la liana hacia sí, preparándose para otro lanzamiento.

—Esto no puede estar pasando—. Enrollando la liana, se prepara para el lanzamiento.

El Sr. Esqueleto lo agarra del brazo, apretando un poco, y lo mira a los ojos.

—No tiene sentido. Se han ido. Es imposible que puedan luchar contra esa corriente. No con sus trajes, y no con lo espeso que es todo—. Sacudiendo la cabeza, se vuelve hacia el río, ahora plácido, salvo el revuelo de las cataratas.

Casablanca sacude su brazo, lanzando las lianas sobre la hierba.

—¡Maldita sea!— Sin pensarlo, se limpia la boca, retira la mano, hace una mueca y resopla.

Selina se sienta en la hierba, abrazando sus piernas, y llora desconsoladamente contra sus rodillas, meciéndose hacia adelante y hacia atrás.

Lara, Barbie y Robodolly se agachan a ambos lados de ella, frotando sus hombros.

McJoker se queda quieto, mirando al vacío entre él y la hierba, con los dedos enroscados en su pelo.

La Sirenita y el Pirata Eric se agarran el uno al otro, mirando a todos.

Calzoncillos corre hacia un árbol, vomitando sobre las raíces.

Casablanca se vuelve hacia todos, mirándolos, y se rasca la nuca.

En ese momento, una luz roja atraviesa la sala y un puente se extiende sobre el río.

Calzoncillos se tambalea hacia el grupo, sosteniendo su estómago.

—Hay un puente—. Mueve un dedo en su dirección. —¿Tal vez deberíamos intentar salir de la habitación?— Se encoge de hombros, mirando a todos a su alrededor, y traga con fuerza con una respiración pesada.

Barbie se levanta de detrás de Selina, echando un vistazo al puente, y mira fijamente a Calzoncillos.

—¿Cómo sabemos que no se derrumbará debajo de nosotros?— Lo señala, dando unos pasos tambaleantes hacia él mientras sus tacones se clavan en la suave hierba. —¿Y si ese era el plan? ¿Tirarnos a todos al río? — Respirando hondo, lo mira fijamente, mordiéndose la comisura de los labios.

Casablanca se acerca a ella y le pone una mano en la espalda.

—No creo que nos dieran una salida si sólo quisieran que todos cayéramos al principio— Mira a todos, suspirando. —Es evidente que es un juego bien planeado—. Gruñendo, clava su mirada detrás de él en el río. —Y han perdido. —Volviéndose hacia todos, resopla. —Tenemos que irnos. Que alguien lo intente por donde hemos venido—. Señala la cortina negra.

La Sirenita asiente, quitándose de encima al Pirata Eric, y se dirige a la cortina, empujando la tela a ambos lados.

—¡Está cerrada!— Se vuelve hacia ellos. —No había una puerta aquí cuando pasamos, pero ahora la hay, y está cerrada—. Con los ojos muy abiertos, se mueve rápidamente hacia Eric.

El Sr. Esqueleto da una patada a una calabaza.

—¡Joder, tío! ¿Así que estamos obligados a quedarnos aquí y posiblemente morir, o avanzar y posiblemente morir? Que se joda esta mierda—. Sacudiendo la cabeza, levanta las manos, dándose la vuelta.

Selina deja escapar un sollozo, temblando.

Barbie se pone las manos en el pelo y gira en círculo.

Calzoncillos vomita en el río.

McJoker no se ha movido.

Sirenita y Eric se agarran el uno al otro.

Casablanca resopla y se dirige a Selina.

—¿Puedes caminar? ¿O necesitas ayuda?— Se acerca

a ella, en cuclillas, y examina su rostro más allá de la máscara.

Los ojos de Selina se dirigen hacia él, fijándose en los suyos con ferocidad.

—Acabo de ver a mi novia ahogarse en un puto río de sangre, ¿y tú me preguntas si puedo caminar?— Poniéndose en pie, se abalanza sobre él y le apunta con un dedo a la cara.

Casablanca retrocede cuando las chicas se alejan de ella.

Selina mantiene su dedo a centímetros de su cara.

—¡Paulina era el amor de mi vida!— Con la mano temblando, lo suelta, con el labio y la barbilla temblando, y cae de rodillas, sollozando.

McJoker le llama la atención, dándose la vuelta.

—Sigues llamándola Paulina—. Le mira la nuca.

Selina asiente, moqueando.

McJoker mira a todos.

—Conocí a una Paulina en el instituto—. Observa cómo se le caen los hombros.

Selina vuelve a moquear, girando la cara hacia él, y se quita la máscara.

—Dudo mucho que sea la misma—. Dejando escapar una risa quejumbrosa, se limpia las lágrimas de la cara.

McJoker entrecierra los ojos, mirándola fijamente.

—¿Miku?— Sus ojos se abren de par en par y se aleja.

Barbie mueve la cabeza hacia Miku.

—Espera, ¿qué?— Se arrodilla con una mano en el hombro de Miku. —Miku, ¿eres realmente tú?— Agarrando su barbilla, gira la cara de Miku de un lado a otro.

Miku se quita la barbilla de la mano de Barbie.

—¿Os conozco?— Arqueando una ceja, los mira.

Barbie pone los ojos en blanco y se lleva una mano al escote.

—¡Soy yo, Merrien!— Sacudiendo la cabeza, se vuelve hacia McJoker. —Pero ¿quién eres tú?— Arqueando una ceja, se burla de él.

McJoker se ríe un poco.

—Blake… Me sorprende un poco que no me hayas reconocido, pero el maquillaje es bastante bueno—. Resoplando, se encoge de hombros.

Barbie vuelve a poner los ojos en blanco.

—Siempre fuiste una pequeña mierda, Blake—. Burlándose, se levanta, cruzando los brazos.

Casablanca sacude la cabeza, poniéndose en pie, y les tiende la mano.

—Un momento, ¿Os conocéis todos?— Arqueando una ceja, mueve una mirada entrecerrada sobre todos.

Robodolly asiente, levantando la mano.

—Os conozco—. Corta la máquina alterando su voz. —Soy yo, Burbuja—. Dirige su mirada a cada uno de ellos.

Casablanca señala a Calzoncillos.

—¿Y tú?— Manteniendo su mirada en él, se cruza de brazos.

Calzoncillos se sujeta el estómago, asintiendo.

—Sí, salí con Burbuja en el instituto—. Se vuelve hacia ella, asintiendo con la cabeza, y mueve los dedos.

Burbuja entorna los ojos.

—¿Houston?— Acercándose un paso, sus ojos se abren de par en par.

Casablanca se vuelve hacia Eric y Sirenita.

—¿Y vosotros dos? ¿Cuáles son vuestros verdaderos nombres?— Les tiende la mano.

Se miran entre sí, negando con la cabeza.

Sirenita aprieta su agarre sobre él.

—No os conozco a ninguno de vosotros. Me llamo Robin—. Se encoge de hombros.

Eric sacude la cabeza.

—Soy Jessie, su novio—. Encogiéndose de hombros, levanta su mano libre.

Casablanca suspira y se frota la cara, volviéndose hacia Lara y Esqueleto.

—¿Y bien?— Golpeando su barbilla, los mira.

Esqueleto asiente.

—Sí… hola, chicos. Tyler—. Les saluda, encogiendo los labios, y pone los ojos en blanco.

Lara frunce el ceño.

—Dorine. Hola—. Hace una mueca, aspirando entre los dientes.

Casablanca señala con el pulgar hacia el río.

—¿Alguno de vosotros tiene una idea de quién era el Gran Rojo?— Los mira a cada uno.

Tyler se encoge de hombros, levantando las manos y apoyándolas en la cabeza.

—No lo sé, hombre—. Se pasea. —Si esto es lo que creo que es, entonces podría haber sido Jeb—. Deja de moverse, clavando sus ojos alrededor del grupo. —Encaja con la complexión, pero no tiene sentido—. Sacude la cabeza, mirando a Casablanca. —Si nos querían a todos aquí, se olvidaron de Nathan—. Mira a Casablanca, frunciendo el ceño.

Casablanca resopla y se limpia la boca.

—Tengo una idea de por qué—. Dirige su mirada a Tyler, dejándose caer de nuevo al suelo. —Acepté su invitación—. Deja caer los hombros, dejando que su mano golpee su muslo. —Murió de una sobredosis después de que nos inscribiera a los dos en los concursos con direcciones separadas—. Enfoca los ojos con Tyler. —Él entró, así que tomé su boleto—. Extendiendo las manos, se encoge de hombros.

Tyler se ríe, sacudiendo la cabeza.

—Por supuesto, Nathan faltaba, como siempre—. Sacudiendo la cabeza ante la hierba muerta, se quita las manos de la cabeza.

Miku se ríe, dejando que se vuelva maniática.

—¿Paulina y tal vez Jeb están muertos, y todos vosotros estáis haciendo presentaciones?— Señala hacia el río. —¡¿Qué coño os pasa a todos?!— Su voz sube de tono. —Hay dos personas muertas a metros de nosotros, ¿y queréis charlar sobre el hecho de que todos nos conocemos?— Ella mira fijamente sus silenciosas miradas. —¿A quién coño le importa? Tenemos que salir de aquí y encontrar a la policía—. Clavando los dedos en su pelo, estudia el suelo. —Juro por Dios que voy a demandar al dueño. Va a desear que lo haya matado—. Se suelta el pelo y camina unos metros de un lado a otro.

Casablanca da un paso hacia ella, deteniéndose ante su mirada maniática.

—Me llamo Corey. Resulta que soy policía—. Hace rebotar su mirada entre los ojos de ella. —Si consigo salir de aquí, tienes mi palabra de que me aseguraré de encontrar al asesino y encargarme de él, pero...— Mira a cada uno de ellos. —Por ahora, tenemos que salir de esta habitación, y parece que esa es nuestra única apuesta—. Dándose la vuelta, extiende una mano hacia el puente.

Robin cruza la mirada con Jessie, gruñendo, y sacude la cabeza.

Jessie se encoge de hombros.

Asintiendo, todos se dirigen al puente.

CAPÍTULO DIEZ

Se dirigen hacia el arco de la calavera iluminado en rojo, atraviesan la cortina negra y se detienen rápidamente cuando Corey extiende ambas manos hacia los lados. Todo el mundo mira boquiabierto el pasillo.

Rostros blancos se alinean en las paredes. Todos diferentes. Todos reflejando dolor. Y todos llorando en rojo.

Lamentos.

Gemidos.

Llorando.

La angustia llena su camino.

Miku se acerca a uno, tocando las lágrimas, y retira su dedo, frotándolo contra su pulgar.

—Es…—Al olerlo, sus ojos se abren de par en par. —Es sangre de verdad—. Frotando su mano sobre la pared, gruñe, alejándose de ella.

Merrien finge náuseas, poniendo la mano sobre su boca.

—Eso es asqueroso. Creo que voy a vomitar—. Apretando los ojos, se aleja de ellos, poniendo su cara en el hombro de Corey.

Mirando a todos, la atrae en un ligero abrazo, acariciando su espalda.

Tyler hace una mueca, poniendo los ojos en blanco, y murmura.

—Conseguid una habitación, cabrones—. Sacudiendo la cabeza, se vuelve cara a cara con uno, mirándolo por encima. — Extrañas cositas, ¿no?— Lo pincha, y el rojo llena el espacio. —¿Qué carajo?— Se acerca más.

La boca se abre de par en par, y grita un lamento estridente e implacable.

Tyler retrocede tropezando con Dorine y Burbuja.

—¡Joder!— Apartándose de ellas, se golpea contra la pared con un fuerte sonido.

Todo el mundo lo mira.

Tyler se encoge de hombros, tirando de las solapas de su esmoquin, y sacude la cabeza hacia ellos.

—¿Qué coño estáis mirando?— Apretando los dientes, sacude más la cabeza, dirigiendo su mirada al suelo.

Un incendio estalla en el pasillo, atrayendo la atención de todos. Las llamas se elevan cada vez más hacia el techo.

El pasillo parece extenderse más de lo que se pensaba con la nueva luz.

Tragando con fuerza, Cory mira a los demás mientras sostiene a Merrien.

—Hay una señal de salida justo después de ese pozo de fuego. Sé que las reglas decían que si nos íbamos perdíamos, pero creo que es seguro decir que esas reglas eran una mierda y que si nos quedamos morimos. Así que digo que nos dirijamos a la salida y hagamos lo posible por encontrar la carretera por la que entramos—. Mira a los ojos a cada uno de ellos, asintiendo. — ¿De acuerdo?— Observa cómo asienten todos, y aparta a Merrien de su hombro, manteniendo el brazo alrededor de su cintura, y todos avanzan.

A medida que se dirigen hacia el pozo de fuego, los gemidos, los lamentos y el llanto se intensifican, amplificándose hasta el punto de que la mayoría se tapa los oídos.

Hugh y Dorine ralentizan su paso, alejándose el uno del otro.

Jessie y Robin pasan por delante de ellos para seguir el ritmo de los demás, y Robin los mira por encima del hombro antes de girar hacia delante.

Una persona tras otra pasa por delante de Hugh y Dorine.

Paso tras paso, se frenan, ambos se quedan atrás.

Corey grita por encima del hombro, pero las caras son tan ruidosas que no puede oír su propia voz. Así que, en lugar de eso, señala la señal de salida y dirige la cabeza hacia su derecha.

En medio del estruendo, los pasos de Dorine y Hugh caen con fuerza y lentitud.

Hugh tropieza, se agarra a la pared y apoya su hombro en ella.

Dorine tropieza con su pie, raspándose las uñas contra la pared, y cae de rodillas, llevándose una mano al pecho.

Nadie se da la vuelta.

Ambos luchan por respirar, abriendo y cerrando la boca, pero sin conseguir aire.

Antes de que ninguno de los dos se dé cuenta, se paralizan, los músculos no quieren moverse, las bocas se cierran con fuerza, y caen al suelo, con los ojos muy abiertos mirándose el uno al otro.

Burbuja se agarra las orejas, mirando hacia la puerta que hay detrás de ellos, y un destello le llama la atención. Se detiene en seco y mira al suelo, encontrando el brillo procedente de las gafas de Hugh, que están a unos metros de su cuerpo inmóvil. Con los ojos abiertos, respira profundamente, gira la mirada y ve a Dorine. Respira más profundamente, más rápido, y entonces deja escapar un grito espeluznante que atraviesa el ruido.

Todo el mundo deja de moverse y se da la vuelta.

Los ruidos cesan, pero el grito de Burbuja permanece.

Los gritos de Merrien, Robin y Miku se mezclan en un coro de chillidos agudos cuando todos se enfrentan a los dos pares de labios azules, rostros pálidos y ojos rojos vidriosos.

Corey se abre paso desde el frente hacia los cuerpos y comprueba sus pulsaciones. Se derrumba junto a la cabeza de Dorine y se limpia la cara, dejando que permanezca en su mano con un resoplido.

Burbuja solloza en el hombro de Merrien.

Miku se queda de pie, mirando fijamente, y pasa sus manos temblorosas por delante de su cara.

Robin se aferra a Jessie, mirando a todos.

Tyler se muerde el puño, girando en un rápido círculo, y luego se lleva las manos a la nuca.

—¡Joder!— Bajando las manos, sacude la cabeza hacia el suelo.

Blake se pone en cuclillas, enterrando su cara en ambas manos.

Corey, golpeando con sus puños la pared, hacía chillar a las chicas.

En ese momento, el pozo de fuego cae, envolviendo la habitación en la oscuridad.

Todo el mundo grita, tomando plena conciencia del nuevo peligro.

Vuelven los lamentos.

Una luz estroboscópica parpadea, cortándolos en una luz azul brillante.

Se mezclan al correr.

Corey hace todo lo posible para gritar por encima del ruido, pero resulta demasiado grande. Encontrando a los que puede, los lleva más allá del pozo de fuego. Al llegar a una puerta, los empuja a todos, y se cierra tras ellos.

Todos saltan, girando hacia ella.

Miku mira a su alrededor.

—¿Dónde están los demás?— Sus ojos se abren de par en par, la respiración se acelera, su voz se eleva dos octavas. — ¿Dónde coño están los demás?— Se agarra a la puerta, tirando y tirando en vano.

Blake camina a lo largo de la pared, con las manos en la cabeza y los ojos vidriosos.

Al darse por vencida, Miku golpea las manos contra la puerta, sollozando contra ella, y se desliza hasta el suelo.

Corey se acerca a ella, apoyando una mano en su hombro, y suspira.

—No lo sé. Hice todo lo posible para que me siguieran, pero quizá encuentren su propia salida—. Encogiéndose de hombros, vuelve a suspirar, limpiándose la cara.

El silencio llena sus oídos mientras una luz verde inunda el pasillo.

Uno tras otro, todos se apartan de la puerta y se enfrentan a un resplandor indistinguible en el extremo más alejado del pasillo.

Merrien se agarra al brazo de Corey, agarrando con fuerza su manga, y se aferra a él.

—¿Qué es eso?— Su agarre se intensifica, las uñas se clavan en su piel a través de la tela.

Miku y Blake se unen a ellos, mirando el resplandor, y tensos.

Corey resopla, entrecerrando los ojos, y flexiona los puños.

—No lo sé, pero quédate cerca y mantén los ojos abiertos por cualquier cosa—. Acariciando la mano de Merrien, la aprieta y los conduce hacia adelante.

Los cuatro se mueven en un grupo muy unido hacia adelante, mirando alrededor del corredor.

Corey mira de un lado a otro.

No hay puertas.

Nada más que oscuridad.

Al volverse hacia adelante, se encuentra cara a cara

con la figura resplandeciente, con una sonrisa extendida por su rostro deforme. Se detiene en seco, apretando la mano de Merrien que aún se aferra a su bíceps, y ella chilla.

La figura resplandeciente se inclina hacia ellos con su sombrero de copa y luego abre la boca de forma inhumana, dejando escapar un grito lo suficientemente fuerte como para despertar a los muertos antes de lanzarse hacia ellos con las manos extendidas.

Merrien deja escapar un grito propio en el oído de Corey, volviendo la cara hacia su hombro, y se frena.

Miku y Blake se aferran el uno al otro, conteniendo la respiración mientras la aparición se acerca.

CAPÍTULO ONCE

En un pasillo diferente, en el lado opuesto del pozo de fuego, Tyler golpea una puerta cerrada.

—¡Joder! La puerta está cerrada—. Gruñendo, la golpea un par de veces antes de pasarse los dedos por el pelo y darse la vuelta.

Robin se aferra a Jessie, mirando alrededor del espacio oscuro.

—¿Dónde estamos?— Sus dedos se enroscan en la camisa de él, las respiraciones duras hacen que el cuello se erice.

Brenda se frota los brazos, abrazándose a sí misma.

—¿Dónde se han metido los demás?— Contiene los sollozos, mirando al suelo. —¿Qué les va a pasar?— Resopla, volviendo los ojos hacia Tyler.

Tyler se acerca a ella y la abraza.

—No podemos pensar en eso ahora, tenemos que encontrar una forma de salir de aquí—. Acariciando su espalda, deja que ella lo rodee con sus brazos, y los hace girar de lado a lado.

Jessie mira a su alrededor, divisando una luz parpadeante.

—Oye, hay una luz ahí abajo—. Mira a Tyler. —¿Tal vez está cerca de salir?— Se encoge de hombros, mirando a Robin.

Tyler asiente, soltando a Brenda, y se pone de pie.

—Sí, o nos lleva a morir. A la mierda—. Gruñendo, escupe al suelo.

Jessie pone los ojos en blanco.

—Como quieras—. Enfoca los ojos en Robin. —¿Quieres ir a comprobarlo?— Frotando su espalda, espera que ella responda.

Robin mueve los ojos por el suelo, mordiéndose el labio inferior, y luego se vuelve hacia él.

—Sí, si hay alguna posibilidad de salir, quiero hacerlo—. Asintiendo con la cabeza, los gira para moverse.

Jessie mira a Tyler por encima del hombro, encogiéndose de hombros.

Tyler se mantiene firme, mirándolo fijamente.

Frunciendo los labios, Jessie se vuelve hacia delante, guiando a Robin hacia la luz.

Tyler y Brenda observan cómo los dos se hacen más pequeños y oscuros cuanto más se alejan.

Una vez que llegan a la luz, los dos entran en una habitación, desapareciendo más allá del umbral.

Brenda se dirige a Tyler.

Tyler resopla, pasando la lengua por su boca.

—¿Qué?— Vuelve a resoplar y mira el techo negro.

Brenda abre la boca, sólo para cerrarla, y dirige su atención a la luz.

Gimiendo, Tyler se frota los ojos, pellizcándose el puente de la nariz, y la mira.

—Quieres seguir. ¿Por qué?— Encogiéndose de hombros, niega con la cabeza, extendiendo las manos y dejándolas golpear sus muslos.

Brenda se muerde el labio inferior, clavando los ojos en el suelo.

—Bueno, para empezar, no están gritando—. Volviendo a mirar hacia él, vuelve a morderse el labio.

Pasando más la lengua por su boca, agacha la cabeza en señal de derrota.

—Bien, pero si morimos…— Le señala con un dedo,

agitándolo un poco, y luego lo deja caer a su lado, negando con la cabeza.

Brenda asiente con la cabeza y se gira hacia delante.

Tomando su mano, Tyler los conduce hacia la luz.

Al acercarse, la puerta se ensancha, dejando ver esas gruesas y anchas solapas de plástico transparente que se encuentran en los muelles de carga o en los mataderos.

La luz parpadea detrás de ellos.

Una luz tenue y amarilla.

Tyler pone un brazo entre dos de las solapas, separándolas.

—¿Robin?… ¿Jessie?… Oye, tío, ¿dónde estás?—Tirando de Brenda, se adentra en la habitación.

La voz de Robin viene de lejos.

—¡Ya estamos aquí! Esta sala sigue un rato.

Tyler cruza la mirada con Brenda.

—¿Todavía quieres estar en la habitación con luz?—Ladeando la cabeza, arquea una ceja hacia ella.

Brenda levanta los ojos hacia él, frunciendo las cejas, y mira a su alrededor.

Un sucio azulejo blanco recorre la mitad de la pared hasta llegar a una mugrienta pintura verde azulada.

Manchas rojas y marrones cubren el suelo, arrastrándose hacia un desagüe en medio del hormigón.

Una mesa cromada brillante con un pequeño motor y una manivela está atornillada al suelo a unos metros de distancia. Brillantes broches cuelgan abiertos en cada esquina.

Enfrente hay una caja de plexiglás transparente y brillante con una pared interior de metal y un pequeño motor exterior.

Los dos se quedan mirando. Ninguno de los dos está dispuesto a moverse, sobre todo, no primero.

La voz de Jessie viene del pequeño arco en el fondo de la habitación.

—¡Eh! ¿Vais a volver aquí o no?— Sus palabras se interrumpen y le siguen unas breves risitas.

Tyler mira a Brenda, arqueando una ceja, y se encoge de hombros.

Brenda se muerde la uña del pulgar, mira hacia atrás, detrás de ellos, y susurra:

—¿Tal vez deberíamos encontrar otra salida?— Asintiendo un par de veces, lo mira con la uña aún entre los dientes.

Tyler sonríe, riéndose por la nariz.

—Por fin dices algo inteligente—. Rodeándola con un brazo, se giran para marcharse.

Sin previo aviso, unos brazos amarillos les rodean los hombros. Manos enguantadas de negro les pasan los dedos por el pecho.

Brenda grita, arañando y agarrando los gruesos guantes negros.

Tyler hace todo lo posible por forcejear, y casi consigue arrojar la figura por encima de su hombro, pero pierde el equilibrio en el resbaladizo rojo que se arrastra. Cayendo hacia atrás, los brazos tiran de él.

Antes de que ninguno de ellos se dé cuenta, están metidos en los aparatos.

———

De vuelta al otro lado del pasillo, una aparición blanca irrumpe a través de la pared a su izquierda, con las manos extendidas, y les araña.

Miku chilla, llamando la atención de los demás, y todos saltan.

Merrien suelta otro grito, soltando a Corey, y se pone a correr con sus tacones de aguja.

La aparición blanca pasa a través de los tres que quedan quietos.

Merrien les echa un vistazo por encima del hombro, viendo cómo desaparece la aparición. Al darse la vuelta, patina hasta detenerse cuando el verde la atraviesa, y entonces se le rompe el tacón y cae hacia delante sobre el frío y duro suelo de baldosas. Su piel chirría mientras la hace patinar hasta detenerse.

Los demás se apresuran a acercarse a ella, y Corey se arrodilla, apoyando una mano en su hombro.

—¿Estás bien?— La ayuda a ponerse de lado, echando un vistazo a su cuerpo.

Merrien se aparta el pelo de la cara y le gruñe.

—Odio tanto este maldito lugar—. Apoyándose mejor, se acerca a su hombro, apretando los dedos en la tela.

Corey se ríe, mirando a los demás, y la agarra de los brazos, ayudándola a levantarse con los pies tambaleantes.

Merrien cojea un poco, dando saltitos y dando vueltas con su zapato roto.

—¡Esta mierda me ha roto el zapato!— Se agacha y se lo quita, lanzando el par hacia la puerta.

Rascándose la barba, Corey le pone una mano en la parte baja de la espalda, cruzando la mirada con los otros dos, y luego se vuelve hacia el suelo.

—Deberíamos seguir caminando. Tratar de encontrar otra puerta—. Asintiendo con la cabeza, hace girar a Merrien y avanzan por el pasillo.

Más apariciones se mueven por el pasillo. Dos de ellas bailan juntas con ropas de la época victoriana. Otra aparición blanca se abalanza sobre ellos desde un lado.

Merrien chilla, agarrando con fuerza el brazo de Corey.

Sin saberlo, Corey pisa un pequeño botón negro en el suelo.

Un suave y lento chasquido llena el pasillo, creciendo en velocidad y volumen.

Un paso.

Dos pasos.

Al tercer paso, un ruido ensordecedor llena el pasillo y las paredes se juntan.

Todo el mundo grita.

El pasillo se estrecha hasta el punto de que todo el mundo está en fila india.

Corey se sitúa a la cabeza de la fila, golpeando y empujando las paredes mientras frenan su avance.

Merrien grita y llora, golpeando las paredes, y sus pies descalzos golpean el suelo con cada pisada frenética.

Miku cae de rodillas, con las manos sobre la cabeza, sollozando entre los codos.

Blake hace todo lo posible para empujar las paredes, los zapatos resbalan sobre el suelo resbaladizo.

Unos clics fuertes y las paredes dejan de moverse.

Todos miran a su alrededor, volviéndose hacia el techo y el suelo antes de arrastrar los pies hacia los demás en el espacio reducido a los hombros.

La respiración de Merrien se acelera mientras se aleja de Corey hacia Miku.

—Yo… no puedo… no puedo, ¡respirar! ¡Tengo que salir!— Sus palabras salen apresuradas. —¡No puedo! Es demasiado pequeño. No hay suficiente espacio—. Su respiración se acelera más, subiendo el tono. —¡Necesito salir! ¡AHORA! —Empujando a Miku, intenta pasar por encima de ellos hacia la puerta cerrada.

Corey se acerca a ella, agarrando sus dedos.

—¡Merrien, espera! Esa puerta está cerrada—. Agarrando con ambas manos, tira de su brazo.

En ese momento, el suelo se desprende de debajo de ella.

Merrien grita, llevando su mano libre a la muñeca de Corey.

Segundos después, otro trozo de suelo se desliza debajo de Blake y éste se deja caer.

Miku grita, poniendo las manos temblorosas frente a su boca mientras su sangre la salpica a ella y a las paredes que los rodean.

El sonido de sus huesos crujiendo entre las garras giratorias llena el estrecho pasillo, mezclándose con sus gritos y gorjeos cuando las cuchillas llegan a sus pulmones, llenándolos de sangre. El rojo brota de su boca, golpeando a Miku en la cara, y gotea sobre su barbilla con cada estrangulamiento hasta que baja, y su cráneo es aplastado.

Un ojo sale disparado, rebotando en las garras antes de caer en una grieta entre ellas mientras se acercan la una a la otra.

CAPÍTULO DOCE

Las figuras amarillas desaparecen tan rápido como llegaron.

Brenda y Tyler se quedan solos, gritando y luchando contra su encierro.

Los motores de los aparatos se encienden. El zumbido y el pitido llenan la habitación.

Brenda empuja sus muñecas y tobillos contra las apretadas esposas de metal, presionando la tela contra su piel.

Las esposas no se mueven.

Sin embargo, la mesa se mueve.

Brenda estira el cuello, mirando alrededor del metal.

—¿Qué coño está pasando? ¿Se mueve esta cosa?— Chillando, echa la cabeza hacia atrás contra la plata brillante, golpeándola una y otra vez mientras intenta liberarse.

Tyler gruñe y gime, con la cabeza asomando por la parte superior de la caja.

—Ahora mismo estoy demasiado preocupado por mis propios problemas—. Abriendo los ojos, mira hacia ella. —Pero sí, la mesa se está separando del centro—. Respira profunda y duramente, gruñendo mientras empuja sus pies contra las paredes de su caja. —¡La mía está tratando de presionarme hasta hacerme papilla!—

Conteniendo la respiración, vuelve a empujar mientras la pared interna continúa su avance.

La mesa se estira aún más, deteniéndose con un espacio considerable entre las piezas, y las esposas se alejan de ella en sus propios brazos separados. Tiran de sus articulaciones, sacándole los brazos por encima de la cabeza y abriéndole las piernas.

Brenda suelta un chillido hacia el techo, con la saliva ensartada entre los dientes y los labios, y luego deja escapar un sollozo.

—¡Lo siento, Tyler! Lo siento mucho—. Dejando escapar otro grito, sus dedos se sacuden y se abren por completo.

Los brazos siguen tirando de sus extremidades para separarlas del cuerpo. Su piel se estira. La respiración es errática. Llora.

Tyler gruñe, todavía intentando empujar la pared interior de la caja, y sus palabras salen en forma de resoplidos.

—No... no es tu culpa... Burbuja...— Dejando escapar rápidas respiraciones, empuja y empuja contra la potencia de la máquina.

Por mucho que empuje, la pared avanza sobre él y las rodillas de Tyler se topan con el panel superior de plexiglás. La pared sigue avanzando, presionando los dedos de sus pies hacia sus espinillas. Los muslos contra su estómago. Sus brazos están inmovilizados a los lados.

Tyler grita.

Las rodillas empujando hacia arriba en el plexiglás. Los muslos presionando más hacia su estómago.

Diafragma.

Costillas.

Un chasquido.

Tyler grita, dejando escapar un gemido.

—¡Joder! ¡Mis tobillos se acaban de romper! Acabo de ver saltar la sangre—. Inclinando su cara hacia el techo, sus lágrimas fluyen hacia sus oídos, la cabeza se ilumina.

La pared sigue avanzando, empujando sus pies hacia las espinillas.

Brenda grita de nuevo.

Los brazos tiran de sus miembros cada vez más lejos.

Cuatro estallidos llenan sus oídos.

Brenda grita una vez más, dejando que se convierta en sollozos.

—¡Mis articulaciones se han salido de su sitio!— Llora más, respira de forma maniática y sus lágrimas caen sobre su pelo.

Los brazos siguen tirando, estirando su piel.

Brenda mueve la cabeza iluminada sobre la mesa, la luz amarilla de arriba envuelve la habitación en un resplandor.

—Esta cosa va a arrancarme los miembros del cuerpo—. Sollozando más fuerte, se estrangula con su propia saliva.

Los brazos hacen un par de chasquidos, el motor se pone en marcha.

Tyler llora, escuchando el rápido crujido del traje de Brenda que se desgarra en las costuras al tirar de la tela con ella. Con la cabeza más iluminada, la observa a través de una visión borrosa.

La pared le aprieta más las piernas.

Dos fuertes estallidos.

Tyler estalla en un grito sollozante.

—Se me han roto las rodillas—. Traga con fuerza, la saliva vuela de sus labios con sus siguientes palabras. —Estoy bastante seguro de que las rótulas son trozos diminutos ahora. —Dejando caer la cabeza hacia delante, llora dentro de la caja, las lágrimas y la saliva se mezclan en la fría y dura superficie.

La pared sigue empujando hacia él, presionando sus muslos contra las costillas.

Merrien grita y chilla, aferrándose a la sudorosa palma de Corey. Mirando hacia abajo, se encuentra con el calor de un gran horno.

Corey gruñe, haciendo lo posible por tirar de ella con su agarre resbaladizo, y tensa sus palabras.

—Miku, estaría muy bien si pudieras venir a ayudarme—. Su cara se contorsiona mientras logra sostener su peso.

Los pies de Merrien se balancean sobre las llamas. Los recoge, haciendo lo posible por alejarlos del intenso calor. Cuanto más tiempo cuelgan, más se ablanda su esmalte de uñas rosa intenso, recorriendo la sensible piel de las puntas de sus dedos. Las suaves plantas de sus pies se enrojecen, picando y quemando. Chilla más, pateando los pies, y aumenta su ya problemático peso.

Corey hace todo lo posible para contrarrestar su peso con el poco agarre que tiene.

—¡Miku!— La mira fijamente al molinillo que tiene delante. — ¡Maldita sea, Miku! ¡Necesito tu ayuda!— Sus pies resbalan y cae un poco hacia adelante.

Merrien grita con fuerza, la mano se le escapa unos centímetros de su agarre.

El hedor de su carne quemada los rodea.

Con los pies ampollados y negros, Merrien ya no patea. Sus piernas son las siguientes, enrojecidas y con ampollas hasta las rodillas.

Miku se da la vuelta, con las manos aún temblorosas, y asiente varias veces, dirigiéndose hacia ellos. En su estado de conmoción, baja la mano un segundo más despacio.

El agarre de Corey se desliza una vez más, y se libera de su peso.

Merrien lanza un grito que hiela la sangre y cae la corta distancia que hay hasta las llamas. Con el pelo en llamas, la piel burbujeante y carbonizada, extiende sus dedos humeantes hacia ellas. Sus gritos se reducen a la nada. Al caer, el peso de sus brazos hace que se resquebrajen y se desmoronen sobre su pecho.

Miku reprime un gemido, tapándose la boca con las manos, y todo el aliento se le escapa de los pulmones.

Corey se echa hacia atrás, mirando el agujero en el suelo, y su respiración se acelera. Apoyando los codos en las rodillas, dobla una mano sobre la otra, apretándolas contra la frente, y se balancea hacia adelante y hacia atrás. Dejando escapar un grito, se levanta y golpea la pared.

Miku salta ante su arrebato, dejando caer las manos a los lados, y lo mira fijamente. Todo su cuerpo se estremece, y con él los mechones de pelo sueltos.

Girándose rápidamente, Corey la agarra, acercándola, y la abraza con fuerza mientras ella llora en su pecho.

Las paredes retroceden, los pisos se cierran y las puertas cerradas se abren.

Miku y Corey dirigen sus miradas hacia la puerta.

———

Brenda mira sus ataduras.

Los brazos sueltan un último chasquido.

Tyler y Brenda se miran, las lágrimas caen por sus rostros.

En el siguiente instante, los brazos sobresalen de la mesa, arrancando los miembros de Brenda de su cuerpo.

Los dos gritan mientras un chorro de rojo cubre la habitación.

Mientras su cuerpo se vacía de sangre, Brenda mira sus extremidades despojadas, la cabeza cae contra la mesa y la hace rodar de un lado a otro.

Tyler llora, viendo cómo el rojo brota de ella y se acumula debajo de la mesa.

La pared empuja con más fuerza hacia él. El rojo llena la caja, empapando su esmoquin. Se esfuerza por respirar, inspirando y expirando.

Apretado.

Adormecido.

Con el corazón acelerado, su cabeza se aligera más.

Un chasquido sale de la caja, el motor se pone en marcha.

Tyler suelta una carcajada ronca, echa la cabeza hacia atrás y se queda mirando el techo.

Un último clic.

La pared le aplasta las piernas. Le hace crujir las caderas, le rompe las costillas, le perfora los pulmones, y presiona su cuerpo contra la pared trasera de plexiglás en un chorro de rojo.

La cabeza de Tyler se tambalea hacia delante. Un rojo intenso brota de su boca. Y se le escapa un gorgoteo desgarrado antes de que su barbilla golpee la superficie de la caja, con los ojos clavados en Brenda sobre la mesa.

———

En el pasillo, Robin y Jessie corren hacia Corey y Miku, se detienen al acercarse y se tapan la nariz con las manos, ahogando las arcadas.

Por instinto, Corey los aleja, poniendo a Miku detrás de él.

—¿De dónde venís vosotros dos?— Los mira. — ¿Y dónde están los otros dos?— Da otro paso atrás, manteniendo sus manos en los brazos de Miku.

El labio inferior y la barbilla de Robin tiemblan mientras señala detrás de ella.

—No lo sé, pero hemos oído muchos gritos. Nos hemos movido por un pasillo tras otro. Probando puerta tras puerta—. Deja escapar un sollozo. —Este lugar es un puto desastre—. Inclinándose hacia Jessie, se aferra a su camisa. —Sólo queremos ir a casa—. Dejando que Jessie la rodee con sus brazos, llora en su pecho.

Jessie se vuelve hacia ellos, acariciando la espalda de Robin.

—Estuvimos con ellos en una sala que parecía un matadero, pero nunca vinieron a la parte de atrás con nosotros—. Se encoge de hombros, sacudiendo la cabeza. —Seguimos caminando. Nunca aparecieron—. Mira la parte superior de la cabeza de Robin. —Entonces oímos los gritos. Tantos malditos gritos—. Levantando la mirada, fija los ojos en Corey. —Fue entonces cuando decidimos probar en todas las puertas a las que llegamos, y esa estaba sin cerrar—. Asintiendo detrás de él, mantiene sus ojos en Corey.

Corey lo mira, asintiendo un par de veces.

—También perdimos a Merrien y a Blake—. Agarrando la mano de Miku, se gira parcialmente hacia ella. —Tenemos que salir de aquí, ahora—. Dijo haciendo un gesto detrás de él, en la dirección a la que se dirigían antes.

Jessie asiente, volviéndose él y Robin hacia ellos, y los siguen de cerca.

CAPÍTULO TRECE

L os cuatro llegan al final del pasillo, llegando a una
puerta etiquetada como «escaleras».

Corey se vuelve hacia ellos, señalando la puerta con
la cabeza.

—¿Crees que esto podría ser una salida?— Arqueando una ceja, mira a Miku que se agita en su brazo.

Jessie se vuelve hacia Robin.

—¿Qué te parece?— Encogiéndose de hombros,
enarca las cejas.

Robin se muerde el labio inferior, arrugando la cara
contra el suelo.

—Podría llevar al techo—. Se encoge de hombros,
sacudiendo un poco la cabeza. —Si podemos llegar
hasta allí, tal vez podamos encontrar una forma de bajar
y salir—. Asintiendo varias veces, mira de Jessie a
Corey.

Corey asiente una vez, cruzando la mirada con ellos
por un segundo, y se frota sobre el brazo de Miku.

—Bien, el techo será—. Dándose la vuelta, empuja la
puerta.

Al abrirse con un chirrido, las bisagras chirrían un
poco cuando el pesado metal se detiene contra la pared
que hay detrás. Una oscura escalera les da la bienvenida, apestando a moho y hongos.

Corey mira la parte superior de la cabeza de Miku, tomando un respiro, y conduce a los cuatro hacia arriba.

Un escalón.

Dos escalones.

Tres.

Otra puerta etiquetada como «tejado».

Suspirando, Corey se vuelve hacia ellos, arqueando una ceja.

Jessie y Robin fruncen el ceño, encogiéndose de hombros.

Dando media vuelta, Corey se acerca a la puerta.

Al abrirla, todos se asoman a las rocas iluminadas por la luna que cubren el tejado.

En ese momento, un gran brazo se enrosca alrededor de la garganta de Corey.

Miku grita, cayendo de su agarre.

Jessie lucha por mantener a Corey quieto.

Una aguja aparece en el rabillo del ojo de Corey. Él mira a Miku y a momentos a Robin.

Robin sonríe de oreja a oreja, clava una aguja en el cuello de Miku y hace descender el émbolo de una jeringuilla hasta vaciarla. Al arrancar la aguja de la carne de Miku, la ve salir a trompicones por la puerta y trepar por las rocas.

Corey sigue luchando, haciendo lo posible por alejarse de la aguja. Él y Jessie tantean y tropiezan con la puerta, crujiendo y moviéndose sobre las rocas.

Los dos gruñen y se juntan.

Jessie consigue introducir la aguja en el cuello de Corey, presionando el émbolo.

Robin suelta una carcajada mientras sigue a Miku por el tejado.

—Pensabas que eras tan obstinada y perfecta. Creías que podías salirte con la tuya en todo momento, ¿verdad?— Se ríe de nuevo, escupiendo a las rocas. — Bueno, no podías escaparte de mí, ¿verdad?— Observa cómo Miku se balancea y tropieza con el borde del tejado.

Corey toma impulso y equilibrio, se agarra al brazo de Jessie y lo lanza por encima de su hombro hacia el techo.

Las rocas patinan y crujen bajo el nuevo e inesperado peso.

Jessie cae y rueda sobre sí mismo hasta detenerse a unos metros de distancia.

Agarrando la jeringuilla, Corey se la quita del cuello, arrojándola al suelo, y se aprieta los dedos en la carne mientras golpea con un pie el plástico, agrietándolo y triturándolo en las pequeñas piedras. Girando a su derecha, observa a Miku tropezar con sus pies cerca del borde del tejado.

Robin camina a su lado, balanceándose y tejiendo con una sonrisa enfermiza pegada a su cara.

Corey se mueve hacia ellos, con pasos más pesados que antes, y el techo se balancea un poco.

—¡Miku, no!— Sus palabras se arrastran. —¡Tu culpa! —Sacudiendo la cabeza, aprieta los ojos y luego los abre, murmurando. —Mala idea—. Se gira para mirar por encima del hombro y se detiene.

Jessie se ha ido.

Mierda.

De la nada, una fuerza golpea a Corey desde un lado, tirándolo al suelo.

Jessie se sienta encima de él, rodeando la garganta de Corey con ambas manos y presionando su tráquea.

Robin les gruñe emocionado, volviéndose hacia Miku que está de pie en el borde.

Miku se tambalea, mirando a la nada en particular. Al dar un paso más, su bota se arrastra sobre el estuco, el tobillo se dobla y ella se retuerce. Abriendo los ojos, abre la boca, pero no sale nada mientras se inclina.

Robin se precipita hacia ella, agachándose, y observa el descenso de Miku hacia el camino de grava de abajo.

Un fuerte sonido crujiente llena la noche.

Luego, el silencio.

Robin se vuelve hacia Jessie sobre Corey.

La cara de Corey es de un rojo intenso, rozando el púrpura, y un ligero gorjeo se le escapa de los labios fruncidos. Incapaz de romper el agarre de Jessie o de doblar los brazos, consigue alcanzar su funda. Sacando el revólver Smith and Wesson de seis tiros del cuero, apunta como puede y aprieta el gatillo.

Un fuerte estruendo llena la noche.

Robin salta y se tapa la boca mientras se le escapa un grito agudo.

El agarre de Jessie se afloja. Se inclina hacia atrás, dirigiendo su atención a la gran mancha roja en medio del pecho.

Corey respira profundamente y se ahoga, empujando a Jessie hacia un lado. Rodando sobre sus rodillas, jadea y se ahoga ante las rocas. Con la respiración entrecortada y la saliva saliendo de sus labios, mira a Robin.

Jessie se lleva una mano al pecho, devolviendo los dedos con puntas rojas.

—Me has disparado, joder—. Se maravilla con la sangre de sus dedos.

Corey hace todo lo posible por mantenerse en pie, luchando contra la droga que le han metido en el organismo.

Robin corre al lado de Jessie, pasando una mano temblorosa sobre su herida.

—No, cariño, cariño… Nooo… Ssshhh—. Lo acaricia, con el labio y la barbilla temblando de nuevo.

Jessie tose y el rojo la salpica, cubriendo su traje de sirena medio muerto. Haciendo gárgaras y atragantándose con su propia sangre, pronto se desliza por las rodillas de Robin.

Corey da unos pasos hacia atrás a tientas.

El crujido de las piedras bajo sus pies rompe el silencio, llamando la atención de Robin.

Una repentina sacudida de adrenalina golpea cuando Corey se da cuenta de su error al moverse.

Robin gruñe, poniéndose en pie con inmensa rapidez, y se abalanza sobre él, con los dedos enroscados para el ataque. Antes de que pueda reaccionar, ella está sobre él, obligándolo a retroceder. Desplegando los puños, hace todo lo posible por arañarlo, morderlo o darle un puñetazo.

Corey suelta la pistola, levantando los brazos para defenderse, y hace lo que puede para agarrarla. Es inútil. Los movimientos erráticos de ella son demasiado impredecibles, y él no puede agarrarla. Manteniendo los brazos en alto, mira a su derecha.

El frío acero del revólver brilla tan cerca y a la vez tan lejos.

Volviéndose hacia ella, Corey consigue agarrarla por la cintura y la empuja. Se mueve para tomar la pistola.

Robin se lanza de nuevo sobre él, tirando de sus pantalones y piernas.

Con los dedos a centímetros, Corey alcanza con todo lo que tiene.

Robin les da un tirón a los pantalones, atrayéndolo hacia ella un poco.

Mirando hacia atrás, Corey aprieta los dientes, se lanza y agarra lo suficiente la empuñadura para tirar de ella hacia él. Agarrando con fuerza, la gira, apuntando, y aprieta el gatillo.

La cabeza de Robin se sacude hacia atrás, con la sangre y los sesos arrojados sobre las piedras, y su cuerpo sale despedido hacia el techo detrás de ella.

Las rocas ruedan y se agrietan bajo su peso, pero ella no se mueve.

Resoplando, Corey tiene un pequeño ataque de tos. Rodando sobre sí mismo, tose sobre las piedras, respirando profunda y ásperamente. Se pone de pie y observa la escena que tiene ante sí. Enfunda su arma y se acerca al borde del tejado. Inclinándose, mira hacia el camino de grava, se posa en Miku y aparta la mirada.

Cuerpo extendido.

El rojo salpicando la grava.

Corey hace lo que puede para apartar la imagen de su mente, pero parece que no puede hacerla desaparecer. Abriendo los ojos, la ignora, escudriñando la zona en busca de posibles formas de bajar. Recorriendo todo el enorme tejado, encuentra una vieja escalera de incendios en la parte trasera. Después de escalar hasta el suelo, se dirige hacia lo que parece ser un camino real.

Los faros brillan desde lejos, avanzando rápidamente.

Corey se desplaza hacia las dobles líneas amarillas, agitando los brazos sobre su cabeza.

El coche se detiene con el chirrido de los neumáticos a unos metros de él.

Corey se precipita hacia la puerta del conductor, golpeando la ventanilla.

La mujer que está dentro se quiebra un poco, con una voz gruesa y sureña que tiembla.

—¿Necesita ayuda, señor?— Ella lo mira por encima, echando un vistazo a la noche a través de su parabrisas.

La voz de Corey es ronca, saliendo por primera vez desde que las manos de Jessie estaban sobre él.

—Necesito que me preste su móvil, ha habido un accidente a un kilómetro y medio de este camino—. Señala con un dedo tembloroso detrás de él, aclarando su garganta dolorida.

La mujer asiente, rebusca en su bolso y saca un teléfono plegable con grandes botones.

—Tome—. Sin arriesgarse, lo mete por la rendija.

Al tomarlo, Corey asiente con la cabeza y susurra:

—Gracias—. Marcando nueve, uno, uno, espera mientras el timbre llena sus oídos.

—911, ¿cuál es su emergencia?

Corey respira tan profundamente como puede, la voz coopera a raudales.

—Sí, soy el oficial Corey Nash del departamento de policía de Redondo Beach, California. Número de placa 987. Informo de una serie de asesinatos y solicito refuerzos—. Hace una pausa, mirando los ojos muy abiertos y la boca abierta de la mujer.

—Señor, ¿cuál es su ubicación en este momento?

Corey fija la mirada en la mujer.

—¿Qué carretera es esta?— Señala el asfalto.

La mujer parpadea un par de veces, sacudiendo la cabeza, y aprieta el volante.

—Oh, eh, eh, la carretera 322. Entre Herrensburg y Mill Creek.

Corey boquea un agradecimiento, moviendo la boquilla hacia arriba.

—Estoy en la carretera 322 entre Herrensburg y Mill Creek.

—Muy bien, señor, la policía y una ambulancia están en camino.

De pie, Corey observa el vacío entre él y el bosque al otro lado de la carretera.

—¿Cuál es su tiempo estimado de llegada?— Respira con dificultad.

—El tiempo estimado de llegada es de veinte minutos. Está bastante lejos, señor.

Corey suspira, asintiendo.

—Sí, señora, lo estoy—. Mirando a su alrededor a nada en particular, cierra el teléfono y lo mete por la ventana agrietada. —Gracias, señora—. Asintiendo una vez, vuelve a mirar a su alrededor, dejando escapar un suspiro, y se limpia la boca.

———

La policía de Mill Creek tres días después:

Corey está sentado en una sala de interrogatorios no

muy diferente de la que él y Nathan compartieron tantas veces antes.

Sólo que esta vez, está sentado esposado a la mesa.

La puerta se abre y entra un policía mayor de pelo blanco que le quita las esposas.

—Siento todo esto, ya conoce el procedimiento—. Se sienta al otro lado de la mesa y deja una carpeta.

Corey se frota las muñecas, ladeando la cabeza, y deja escapar una dura risa.

—Sí, conozco el procedimiento de las retenciones de fin de semana, me siento seguro—. Sacudiendo la cabeza, mira el archivo.

El policía lo señala, presionando con el dedo en la carpeta de manila.

—Hemos investigado un poco, y no nos ha costado mucho tiempo ni esfuerzo—. Se echa hacia atrás, cruzando los brazos. —Bueno, la chica que dices que se llamaba Robin es en realidad Wanda Wilkinson. Estaba viendo a un Dr. Weltzer por ansiedad social y por la incapacidad de lidiar con una desfiguración corporal en su cara—. Suspirando, se encoge de hombros, levantando la mano del brazo. —Fue al colegio con las víctimas, alegando en sus sesiones que la acosaban por su cara—. Mira la mesa y se limpia la boca.

Corey se inclina hacia delante.

—¿Y el tipo? ¿Jessie?— Su asiento recubierto de vinilo chirría bajo su peso cambiante.

El policía le mira con los ojos abiertos.

—Otro antiguo paciente del buen doctor. Uno que está siendo tratado por comportamientos excesivamente violentos. Uno que engañó al sistema y se le permitió estar en público. Con su ayuda, modificó un antiguo instituto para convertirlo en ese espectáculo de fenómenos y atrajo a esos pobres chicos—. Gruñe, sacando una bolsa de pruebas de su chaqueta de traje que contiene una grabadora digital. —Su médico estaba tan mortificado por sus acciones y las de Jessie, que hizo un gesto de confidencialidad y nos dio la grabación de su última sesión con él. Creo que se sintió culpable y algo responsable—. Saca la grabadora y pulsa el botón de reproducir.

————

La Gran Manzana, 2016:
Un complejo de oficinas de Manhattan:

Wanda se levanta del resbaladizo sofá de cuero burdeos y mira al hombre sentado frente a ella en un sillón a juego.

—Me encontré con Tyler en la acera de Broadway cuando iba a comer. Se volvió hacia mí con una sonrisa y se disculpó. Ni siquiera me reconoció, el muy imbécil. Hacía años que no lo veía, y el hecho de que no se acordara de mí como para reconocerme me trajo aquí. Todo el tormento de la escuela volvió en un enjambre de recuerdos, y por eso vine directamente a usted, doctor Weltzer—. Lo mira con el rabillo del ojo.

El Dr. Weltzer asiente con la cabeza, poniendo la parte inferior de su bolígrafo sobre sus labios fruncidos, y la mira a través de unas gafas de montura gruesa.

—Ya veo, ya veo. ¿Cuáles son tus mecanismos de afrontamiento, Wanda? Los recuerdas, ¿verdad? Sé que hace bastante tiempo que no te provocan—. Apoya el bolígrafo contra su barbilla.

Wanda se levanta para sentarse, frente a él, y frunce las cejas.

—¿Mecanismos de afrontamiento? Llevo tres años viéndole, ¿y cree que esos estúpidos mantras y técnicas de calma me funcionan?— Su cara se contorsiona mientras sacude la cabeza, y sus palabras salen rápidas y fuertes. —El único mecanismo de afrontamiento que tengo es mi creciente talento para cubrir mi horrible marca de nacimiento—. Se aparta el pelo castaño claro de la cara, revelando un maquillaje impecable. —Me gasto cientos de dólares al mes para mantener esta perfección, y aun así sigo teniendo un miedo constante a que la encuentren—. Se baja el pelo y mueve las pestañas con rímel debajo de las cejas perfectamente arqueadas.

El Dr. Weltzer vuelve a asentir, juntando las yemas de los dedos, y los apunta todos hacia ella.

—Bien, me parece que, en lugar de ocultar la mancha, debes aceptarla. Apropiarte de ella. Es una parte de ti, y debes mostrarla—. Hace una pausa, se aclara la garganta y vuelve los ojos al suelo. —Es poco profesional por mi parte decir esto, pero creo que necesitas oírlo y que puede ayudarte—. La mira fijamente a los ojos. —En realidad, eres muy hermosa a pesar de tu inseguridad—. Sonríe, apoyando las manos en su regazo, y carraspea de nuevo mientras mira al otro lado de la habitación. —Sin embargo, para solucionar tu problema, ¿por qué no organizas una reunión con el grupo? Tal vez así, todos puedan dejar atrás el viejo drama del instituto y conocerse de verdad. Quién sabe, tal vez ahora sean diferentes—. Se encoge de hombros, cruzando las piernas.

Ella lo mira fijamente a los ojos.

—Sabes, en realidad he pensado en eso. Quiero ver qué clase de adultos resultaron ser—. Ella le dedica una sonrisa incómoda. —Tengo grandes esperanzas de que hayan cambiado, pero en su mayor parte siento que siguen siendo los mismos mierdecillas de antes—. Se muerde el labio inferior, volviendo los ojos al suelo.

El hombre se encoge de hombros, tirando de los extremos de las mangas de su jersey.

—Sigo sugiriendo una especie de reunión. Haz que deseen no haberse burlado de ti, obligándoles a enfrentarse a la mancha, y demuéstrales que ya no permites que el miedo a la vergüenza o a las burlas te controle. Muéstrales lo mucho que has crecido y que la mancha no te ha quitado nada—. Sonríe y se lleva las manos a la espalda.

Los ojos de Wanda se abren de par en par, los labios se separan un poco y asiente con una ligera sonrisa.

—Obligarles a verla, devolverles todos los años de tormento—. Sus labios se convierten en una amplia sonrisa. —Sí—. La sonrisa se apodera de su rostro. —Eso es lo que haré. Gracias, Dr. Weltzer—. Se levanta y extiende una mano.

El Dr. Weltzer se levanta, alisa su jersey y se aclara la garganta.

—Sabes que te sugiero una zona pública y bien iluminada, ¿verdad? No quiero que hagas nada precipitado—. Arquea una ceja, inclinando la cabeza hacia ella, y la mira fijamente mientras le toma la mano.

Wanda asiente varias veces.

—Oh, sí, bien iluminado, público, lo tengo—. Estrechando su mano tantas veces como asintió, la suelta, tomando su bolso, y se dirige a su coche.

———

Redondo Beach, California, tres semanas después:
RBPD:

Corey se sienta en su escritorio, mirando la pantalla del ordenador.

Uno de los empleados se acerca a su escritorio y deja caer un sobre de papel manila sobre su teclado.

—Un viejo raro ha dejado esto para usted—. Arqueando una ceja, se encoge de hombros, sacudiendo la cabeza, y se marcha.

Corey frunce las cejas, enderezando las lengüetas metálicas, y levanta el pliegue. Sumergiendo los dedos en el interior, saca una fina pila de papeles.

La página de arriba tiene un mensaje sencillo:

Para el afortunado ganador de mi invitación dorada, ahora eres el dueño del alma de mi propiedad, posesiones y valor monetario. Todo explicado aquí dentro de los documentos adjuntos.

Rebuscando en las otras páginas, Corey encuentra la escritura de la escuela. Una escritura de su casa. Una última voluntad y testamento. Y la información bancaria. Mirando en el fondo del sobre, le da la vuelta y ve caer un juego de llaves sobre su escritorio. Volteando la etiqueta adjunta, lee la pequeña escritura.

«Caja de seguridad #678».

Echando un vistazo al precinto, Corey pone todo en su sitio.

Ese fin de semana, Corey empaca su apartamento, dirigiéndose a un nuevo comienzo.

Estimado lector,

Esperamos que haya disfrutado leyendo *Invitaciones de muerte en oro*. Por favor, tómese un momento para dejar una reseña, aunque sea breve. Su opinión es importante para nosotros.

Saludos cordiales,

Rachel Bross y el equipo de Next Chapter

Invitaciones de muerte en oro
ISBN: 978-4-82415-347-0
Edición en rústica

Publicado por
Next Chapter
2-5-6 SANNO
SANNO BRIDGE
143-0023 Ota-Ku, Tokyo
+818035793528

11 octubre 2022

9 784824 153470